《小说选刊》杂志社　主编

文学的故乡

——"鲁奖"作家鲁迅故乡绍兴行

作家出版社

无穷的远方，无数的人们，都和我有关。

——鲁迅

纪念鲁迅先生诞辰140周年

CELEBRATION OF THE 140th ANNIVERSARY OF THE BIRTH OF LU XUN

主办单位：绍兴市人民政府　中国作协《小说选刊》杂志社　浙江省作家协会

承办单位：鲁迅文化基金会　中共绍兴市委宣传部　绍兴市新闻传媒中心　绍兴市文学艺术界联合会

协办单位：绍兴文理学院人文学院　绍兴市作家协会

小说选刊　走进新时代·开启新征程·谱写新史诗

出席活动的30位鲁奖作家

　　左起第一排：陆颖墨、刘醒龙、东西、刘庆邦、徐坤、李敬泽、范小青、叶弥、孙惠芬、葛水平、王跃文、鲁敏、洪治纲

　　左起第二排：宁肯、黄咏梅、朱辉、潘向黎、贺绍俊、徐剑、弋舟、温亚军、徐则臣、胡学文、白烨、关仁山、张楚、李骏虎、邓一光、石一枫、刘大先

相聚鲁迅故里，共话精神原乡
——30位鲁迅文学奖获奖作家鲁迅故乡行

与会嘉宾合影

大会现场

　　2021年9月25日，是伟大的文学家、思想家、革命家，中国新文化运动的旗手鲁迅先生诞辰140周年。《小说选刊》杂志社与绍兴市人民政府和浙江省作家协会共同举办"鲁奖作家鲁迅故乡行"活动，邀请30位获奖作家相聚鲁迅故里，共话精神原乡，怀着无比崇敬的心情向鲁迅先生致敬。

中国作家协会副主席李敬泽讲话

贺绍俊朗诵《从百草园到三味书屋》

刘醒龙朗诵《故乡》

王跃文朗诵《野草·题词》

鲁迅故里

目 录

目录

在纪念鲁迅先生诞辰140周年

大会上的讲话

李敬泽

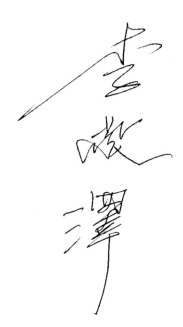

各位朋友，各位来宾，上午好！

今天，我们怀着朝圣的心情，来到中国文化革命主将鲁迅先生的故乡绍兴，隆重纪念鲁迅先生诞辰140周年，深切缅怀鲁迅先生的卓越成就、伟大精神和崇高品格。

鲁迅是伟大的文学家、思想家、革命家，中国新文化运动的旗手，他毕生致力于现代中国人灵魂的重塑，为民族的复兴解放而奋斗。"横眉冷对千夫指，俯首甘为孺子牛"，"寄意寒星荃不察，我以我血荐轩辕"，"无穷的远方，无数的人们，都和我有关"，正是鲁迅精神的真实写照。他的坚定的爱国情怀，不屈的战斗精神，对民族和人类命运的深情关切，是新时代凝聚民族精神、建设精神家园的宝贵财富。他以文艺为灯火，以照亮民族前行之路的勇气和担当，在中国现代文化史上树立起一座巍峨的丰碑，激励鼓舞着广大文艺工作者，为建设社会主义文化强国而不断开拓进取。

走进绍兴，来到鲁迅故里，大师的气息扑面而来，令人百感交集，令人高山仰止！站在故居入口处鲁迅巨幅画像前，但见半墙晕染、满壁澄澈，身着长衫的鲁迅先生立于天地和灯火之间，冷峻、伟岸而清癯。他身后是一个世纪的开天辟地、改天换地，是一个世纪的筚路蓝缕、沧海桑田和翻天覆地。一百多年前的绍兴，风雨如晦，长夜如磐。这里是闰土和祥林嫂的故乡，"乡关不再见"；这里是阿Q和孔乙己的故乡，这里还是狂人和吹长明灯者的故乡，百草园的虫声唧唧和乌篷船的桨声灯影里，有"救救孩子"的觉醒呐喊；三昧书屋琅琅的读书声和社戏的焰火中，有"心事浩茫连广宇，于无声处听惊雷"的少年壮志。这里是以鲁迅为代表的仁人志士不断寻找救国救民真理的原乡。一百年来，鲁迅先生所期望的国家富强、人民富裕的憧憬已经变为现实。今天，在以习近平同志为核心的党中央的坚强领导下，中国特色社会主义进入新时代，中华民族的伟大复兴已经开启新征程。今天的鲁迅故乡，百花竞放，百舸争流。悠悠鉴湖水，浓浓古越情，仰观天地之大，俯察品类之盛。绍兴已全面融入上海九十分钟核心经济圈，成为长三角一体化发展的龙头城市。

大师的存在，就是在昭示一个民族精神气度和人类文明的高度，今天，我们站在新的历史时代，在"两个一百年"的交汇点上来纪念鲁迅先生，深刻认识鲁迅精神的现实意义和当代价值，深刻认识鲁迅精神是推动社会主义文化强国建设的巨大动力。

——学习和发扬鲁迅精神，就是要举精神之旗，立精神支柱，建设精神家园，铸牢民族之魂。鲁迅是中国新文化运动的旗手，是铁骨铮铮的民族魂。鲁迅曾说："唯有民魂是值得宝贵的，唯有他发扬起来，中国才有真进步。"鲁迅毕生以笔为旗，以文字记录时代，以理性的批判精神和不屈的战斗姿态，呼唤着国民的觉醒，体现了中国先进知识分子为国家和民族勇于担当、勇于奉献的精神，成为高山仰止的"民族魂"。我们今天学习鲁迅精神，就是要发扬文学强基固本的精神力量。优秀的文学作品是凝神铸魂、鼓舞人心最重要的价值坐标和精神动力，能够照亮一个民族精神的天空。面对各种风险挑战，面对在各种风险挑战中出现的价值虚无、信仰缺失、拜金主义、精神危机、心理失衡、道德滑坡等种种现象，我们要高举鲁迅精神的大旗，以"我以我血荐轩辕"的爱国情怀，"俯首甘为孺子牛"的奉献精神，塑造中华民族刚健的文化性格，增强人民精神力量，真正使人民在精神上"强起来"，鼓舞全国各族人民朝气蓬勃地迈向未来。

——学习和发扬鲁迅精神，就是要心怀"国之大者"，拓展文学胸襟，提升文学境界，开启新征程谱写新史诗。今年是中国共产党成立100周年，是我国全面建成小康社会、实现第一个百年奋斗目标之后，乘势而上开启全面建设社会主义现代化国家新征程、向第二个百年奋斗目标进军的第一年。明年，我们将迎来党的二十大。在这样一个具有里程碑意义的特殊时间节点我们来纪念鲁迅诞辰，决定了这次大会具有不同寻常的意义。百年恰是风华正茂，千秋伟业书写传奇。鲁迅说，"文艺是国民精神所发的火光，同时也是引导国民精神的前途的灯火"，"用这希望的盾，抗拒那空虚中的暗夜的袭来"，"愿中国青年都摆脱冷气，只是向上走"。我们要接过鲁迅手中的炬火，牢记文艺工作者的职责，进入新时代，我们要把握历史主动，心怀"国之大者"，进一步拓展文学胸襟，提升文学境界，使文学焕发强大的生命力、产生更大的影响力，在文化强国建设中发挥重要的引领功能和推动作用。

同志们、朋友们，我们正处在一个伟大的新时代，全面建设社会主义现代化国家新征程已经开启，社会主义文化强国建设进入了新的历史时期。我们正踏上新的赶考之路，文学的任务更加艰巨、使命更加光荣。让我们更加紧密地团结在以习近平同志为核心的党中央周围，牢记初心使命，勇于担当作为，与时代同行，为人民书写，凝聚强大文学力量，为社会主义文化强国建设作出新的更大贡献！

"鲁奖作家鲁迅故乡行"采风活动发布词

徐 坤

各位领导、学者、朋友们:

大家上午好!

今天是伟大的文学家、思想家、革命家鲁迅先生诞辰140周年的日子。今年也是鲁迅先生的小说《故乡》发表100周年。在这个日子里,绍兴市人民政府与《小说选刊》杂志社共同举办"鲁奖作家鲁迅故乡行"采风活动,格外有意义。

100年前的1921年5月,鲁迅先生的小说《故乡》发表。鲁迅的故乡,是一个地理标志,一座有着2500多年建城史的文化名城,被毛泽东主席誉为"鉴湖月台名士乡",习近平总书记称赞"绍兴的地域文化和历史传承,是中华民族的文化瑰宝"。鲁迅的小说《故乡》,则是一个经典名篇,对中国社会产生了巨大影响,成为民族复兴重要的精神指引和力量支撑。

在小说的结尾，先生写下了这样的文字："其实地上本没有路，走的人多了，也便成了路。"路在哪里？小说发表两个月后，伟大的中国共产党诞生了！从那时起，在苦难深重的中国人民面前，出现了一条光明无限的新路，越来越多的人，怀着一种坚定不移的信仰，走上了这条路。今天的中国，已经迎来了从站起来、富起来到强起来的伟大飞跃。今天的绍兴，一幕幕场景活力迸发，一张张笑脸自信荡漾。

这次采风活动邀请了三十位活跃在文坛一线的鲁迅文学奖获奖作家，在先生故乡绍兴开展为期三天的采风活动。参与作家深入鲁迅故乡，感受百年巨变，讲好中国故事，以此回望先生；坚持"深入生活、扎根人民"的创作方法，遵循先生"文学还是同社会接近好些""当先求内容的充实和技巧的上达"等主张，以此致敬先生。

"文章合为时而著，歌诗合为事而作。"创作生产出无愧于这个伟大时代的优秀作品，把最好的精神食粮奉献给人民，是广大文化文艺工作者的光荣使命。

在三天时间里，参与作家将在"老绍兴、醉江南"的越城，从百草园到三味书屋寻访鲁迅故里，摇一橹轻桨、坐乌篷船品东湖"湖中之奇"。

在"世界纺织之都"柯桥，看兰亭雅集、曲水流觞，赏鲁镇社戏、悠悠鉴水。

在"孝德文化"的传承地上虞，感受千年越窑青瓷文化，在白马湖春晖的红柱雨廊、百叶柳窗间看夏丏尊、朱自清、丰子恺、李叔同、叶圣陶等名家遗风。

在"西施故里"诸暨，走进全国最大的珍珠集散地华东国际珠宝城，在米果果小镇看乡村振兴新貌。

在"越剧之乡"嵊州，于千年古戏台前品茗听戏，在江南"杏花村"古镇崇仁看日月如梭。

在"浙东唐诗之路的精华地"新昌，于江南名刹看林木苍翠、古迹厚重，在达利·丝绸世界感受"产业+文化"发展模式的活力。

这些采风点，集萃了绍兴最具代表性的人文渊薮、山水风光和工业产业，是绍兴深厚历史文化底蕴和新时代发展成就的生动剪影，绍兴值得你细品，一定让你不虚此行。

本次采风活动的成果将结集出版，以期让更多朋友了解绍兴、品悟绍兴、走进绍兴，必将极大提升绍兴的国际影响力。

鲁奖作家与鲁迅故乡，将碰撞出怎样的思想火花？这是一个令人激动的期待。

（本文由绍兴市人民政府提供）

文学的故乡

徐则臣

当下中国，但凡与文学沾上点边，大约没有几个人不想写一写绍兴，即使从未到过绍兴；但凡与写作沾上点边的，大约也没有几个人从未写过绍兴，即使你甚至尚未在文章中写下过"绍兴"二字。原因不复杂，现代文学以来，这里是中国文学的源头，因为有鲁迅在，有周作人在，喜欢不喜欢，你都是在他们开创的文学传统中写作。尤其鲁迅，谁敢说自己的写作不是在《狂人日记》《阿Q正传》《呐喊》《彷徨》《野草》和《且介亭杂文》《华盖亭续编》的流风余韵中展开的？谁敢说我们作品中的人物身上没有闪烁过阿Q、闰土、孔乙己、祥林嫂、九斤老太、吕纬甫和魏连殳的影子？还有我们笔下的场景，谁敢断定永不会与百草园、三味书屋、咸亨酒店和漂荡着乌篷船的河流相呼应，并形成互文？怕是没有。那些篇章、那些人物、那些场景，早已经成为发肤血肉，长成了我们思想和文学的身体。与鲁迅相关的一切，都活在我们的心中，也必活在我们的文字里。鲁迅在，绍兴就在。鲁迅无处不在，绍兴便无处不在。鲁迅成为中国文学的旗帜与标杆，绍兴也理所当然地成为中国文学的圣地。鲁迅的故乡，也便是中国现当代文学的故乡了。

不过，来没来过绍兴还是不一样。鲁迅文章中的绍兴固然是一个丰富真实的绍兴，但绍兴又何止只存在于鲁迅的文字中呢？这里除了诞生于周家的两位文豪，夏禹治水、勾践复国以降，此地钟灵毓秀、人杰地灵，文治武功，诸方面皆贤人辈出、名士云集。仅我们关注的思想文艺界，古往今来，便可供奉出一个万神殿：《论衡》之王充，阳明心学之王守仁，大学问家刘宗周、黄宗羲、章学诚、马一浮；艺术圈的，王羲之、虞世南、陈洪绶、王冕、任伯年、赵之谦；亦有教育科学界的蔡元培、竺可桢、陈鹤琴、马寅初；以及革命志士秋瑾、徐锡麟等人。

这个名单可以继续列下去，每一个名字都足以振聋发聩。当然绍兴不需要这种豪华的亲友团以壮声势，我列出来，仅仅是为了说明，尽管鲁迅远不能局限于绍兴来理解，而绍兴也远不是鲁迅宏阔渊博的文字所能尽述的。也正因此，更可以在鲁迅的文字之外，显明地看见一座人文荟萃、慷慨激昂的古城，是如何塑造和影响了鲁迅。鲁迅远没有被穷尽，作为鲁迅身后最重要的背景之一的绍兴，也远没有被穷尽。底蕴丰厚的城市从来如此，它能有多古老，就可能有多新颖；能有多幽深，就能有多开阔。而这也正是我对这座城市的认知。

我到绍兴总有六七次了吧。先为朝圣，后因工作来绍兴出差，再后来作为绍兴的首届驻城作家，成了半个绍兴人；这一次又来，为参加鲁迅先生诞辰140周年的纪念活动。其实不管历次绍兴之行所为何事，归根结底，有一个目标不曾变化：朝圣；一再地朝圣。就像理解鲁迅先生的著作，读一遍是不够的，须一读再读，学而时习之。理解绍兴这座城市，走一遍也是不够的，须一走再走，深入到街巷，深入到日常生活，深入到城市居民的内心。唯其如此，才能更准确地理解这座城，也才能更深入地理解鲁迅。

记不清走过绍兴的多少地方了，最初两次来绍兴，都是直奔鲁迅先生的故居和三味书屋、百草园，与书本中、资料上和想象里的场景逐一对照，然后去咸亨酒店、坐乌篷船。追寻先生的足迹一遍，然后才转而为普通观光客，去徐渭故居、蔡元培故居、沈园、兰亭等地打卡：拍照留念，求新鲜、猎奇，"到此一游"。不能说无感，也不能说收获甚微，但总是流在面上，于鲁迅，于绍兴，皆是蜻蜓点水。景观当然重要，因为可以让你得以重返历史现场，但两次之后我发现，景观之外的气息，或者说景观与城市气息之间产生的张力更为重要。所谓气息，便是这座城市的平常生活、当下的日常细节，以及弥散在街巷间自古营造和传承下来的氛围。于是，从第三次到绍兴起，我便开始了走街串巷的旅程。

我的奔走从来都是盲目的，信步，随心，行万里路如读万卷书，风吹哪页读哪页。在绍兴城里，我通常随着河流走；偶尔也沿着街巷走，从一块青石板到另一块青石板，从一条马路到另一条马路。有一次突发奇想，跟着桥走，经过这座桥时看见了另一座桥，那么，下一座桥就是我的目标；然后再奔赴另一座桥，如是反复。非不得已，我不看地图，地理没学好，看也未必能懂。绍兴老城的房屋街巷多缘河而建，根本不管东西南北，而一旦南北无序，我的方向感就失灵，把地图看穿了也白搭。也好，心无挂碍，大不了叫辆出租车，救我回酒店。

必须承认，仅从市容和建筑风貌看，绍兴跟江浙水乡每座繁华的城市都一样，古典处矜持娴静，清秀婉约，黛瓦白墙，房屋一例细瘦着腰身；小桥流水，小码头边主妇们汰衣洗菜的姿势都毫无二致；石板路被无数双脚经年累月打磨出了时光的包浆，每一块石头都沧桑玉润如传家宝贝，尤其那几座古老的石桥，原汁原味的石头，成百上千年铺下来，纹丝未动过，每踏上一步台阶，每踩过一块石头，都有在历史中行进的沧桑感。读过一篇报道，绍兴有位艺术家，几十年如一日拍摄运河上的大小石桥，他说，几十年间绍兴的古桥越拍越少，想到那些不同缘由拆毁的古桥，心就揪到一起，也因此更加奋力地抓拍尚在的桥。看到这篇文章时，我正准备长篇小说《北上》，河与桥亦是我的关注重点，便按图索骥，搜到了该摄影家的创作和绍兴的古桥资料。

古典之外是现代。在市区，绍兴城其实展现的是更现代的一面，即便那些刻意经营的古典，也是现代意义上的古典。这没毛病，一个现代城市，当然要极尽现代之能事，在城市的细节上表达出科技、观念和文明的力量来。不是所有美学上的古典，都能与现代生活完全水乳交融的。因为古典被现代包裹，同时又被现代保护和珍惜，所以你走在绍兴城里，才能既看见悠久醇厚的历史，又感受到了现代的繁华和所有可能需要的生活便利。在这个意义上，我以为绍兴在城市建设中，是把古典与现代、历史与当下结合得相对和谐的样板。一个生活在二十一世纪二十年代的人，即使无限崇敬鲁迅，愿意回到他所生活的那个时代，可一旦真正走入那个"古典"时空，你肯定也会感到极度不适。当然，历史不可进入，历史必定也是你不愿再次进入的。那么，出入一个古典与现代交融的绍兴，我们所体味和理解的鲁迅，是否会变了味了呢？

我以为不是。我们要理解和体悟的，不是一个僵化的、封闭在那个特定时空里的鲁迅，而是一个不断发展的鲁迅，一个与时俱进的鲁迅。今天我们之所以要在"先生"之前尊一个"大"字，之所以还把他奉为民族的炬火与灯塔，正是因为他走过了那个时代，又走到了这个时代，在这个时代的语境中，依然让我们有大领悟，依然是我们艺术与思想的源头。也唯有其精神适于现今的时代，指引了现今的时代，我们才尊他为思想与文化的引路人。所以，世易时移，先生的精神并未有所减损，相反，仍在增长与壮大。所谓古典与现代、彼时空与现时代的二元论，纯属庸人自扰。

那么，行走在一个古典与现代交融、"他时代"与"现时代"并存的二十一世纪的绍兴，我又感受到了一个怎样的鲁迅？——有一说一，真说不好，至少于我，不是仅去过六七次绍兴就可以说明白的。

读鲁迅也是。从小学课本上开始，读了有三十年了吧。中学时学写作，刻意模仿鲁迅的腔调，压着嗓子让自己沉郁顿挫，还要间以佶屈聱牙。当然那时候心境倒也适宜模仿鲁迅，神经衰弱，每天都孤僻地一个人，拉张长脸，落落寡合。那忧世伤生的深沉，非抱着鲁迅诵读不能过瘾，就像临习书法，必须对着魏碑写才觉得苍劲有力，人书俱老。到大学，真正决定要做一个作家了，终于承认鲁迅的腔调并不完全适合我，或者说，我意识到应该去寻找到自己真实的声音。倒是逐渐从鲁迅的腔调的余音里走了出来，但鲁迅的文字和腔调之外的东西越来越深重地进入了我的内心。这种影响不仅在文学的意义上，更在思想和精神层面。产生越来越大影响的，也越来越是文学外围的东西，甚至都不是某些具体的篇什，或者某一种思想的逻辑与确切的判断，而是越发混沌的、既形象又抽象的一种象征与精神引领。我肯定不敢说学到了多少，或真正改变了多少，但尽管资质驽钝，究竟是心向往之。很多人想必与我的感受类似，就如那炬火，日夜在高烧，不经意抬起头就能看见，甚至也不一定非要看见，因为垂首低眉，你也知道它在，一直在，一定在；由此也便更笃定，愿意继续精进、去努力。

读鲁迅如此，在绍兴寻鲁迅先生的足迹亦如此。先生走过的路我们走，没走过的路也须走；走过没走过，他的脚印都是看不见的，但我们可以在一百年后用心去感受。感受这样的一座城，这样的山水、风物、民情、五谷乃至空气，如何长养出这样的一个人。我不是刻板的索引派，也不是严格的因果论者，但我相信"无穷的远方，无数的人们，都和我有关"，何况已置身于绍兴，近在眼前，大可平常心地信步而走。六七次地走下来，没方向感大致也能在心里勾勒出一幅绍兴的地形图了吧。当然更可宝贵的，是收获了诸多绍兴的细节。多不正大，皆是转瞬即逝的日常里的小浪花，那恰恰就在将逝未逝的一刹那，与我有了会心，有了感动，便印在了头脑里。这些细节在他人或无足轻重，但我看重，一部分放进了长篇小说《北上》里。

绍兴对《北上》的写作有所贡献，的确是寻鲁朝圣之旅中意外的收获。《北上》因写的是京杭大运河，从北京到杭州的这条大河必是要反复走过，因为专注，反倒忽略了对隋唐运河和浙东运河的深入研究与参照。在绍兴，因为看见了浙东运河及古浙东运河的遗迹，提醒了我的注意。熟悉运河的朋友知道，京杭大运河到杭州止，但运河并未结束，从杭州经绍兴再至宁波入海口，这一段浙东运河在历史上，尤其在国际贸易中发挥了绝大的作用。天下诸水本一家，怎可略过浙东运河这一截？从绍兴起，我认真关注浙东运河的沿线各地，在田野调查和案头阅读中，竟发现了大量有价值的资料和启发。比如阮社的纤道桥，如果没有现场感受，这座用于拉纤的近四百米的古老长桥，我大约也不会在《北上》中给艰辛的纤夫们如此多的笔墨。纤道桥激发出的想象，让我深切地感受到了行船之苦和民生多艰。

在绍兴积累了素材、开辟了新的写作，算朝圣的正途吗？我想，鲁迅先生在天有知，定会赞同，甚或会断言：唯其有新的开辟和增益，才是真正有意义的亲近历史。也正因此，在绍兴，我大言不惭地对朋友们说，《北上》受益于鲁迅先生，也受益于这片伟大的土地。

2021年10月4日于知春里-远大园

朗诵鲁迅

贺绍俊

我们以纪念鲁迅的名义来到了绍兴，但实际上我很清楚自己还没有真正走进鲁迅深邃丰沛的精神世界。或许绍兴会给我一个机会，让我在百草园的旧址，在绍兴的石板路上，或者在停泊着乌篷船的运河边，寻觅到鲁迅的踪影？因为，这里是鲁迅的故乡。

我一直对鲁迅的故乡情有独钟。小时候在课文中学习了鲁迅先生好几篇回忆故乡的散文，对百草园、三味书屋、乌篷船等留下美好的印象。我从鲁迅的作品里认识了他的故乡绍兴，也是鲁迅的故乡让我最初走进鲁迅的世界。我最初认识的鲁迅是一个非常热爱自己故乡的鲁迅，他写故乡的文字饱含感情，他把故乡写得那么生动。我最喜欢《从百草园到三味书屋》这一篇，文章中的鲁迅也与我一样是一个读书的孩子，他的聪明以及调皮的行为，几乎成为我们效仿的榜样。我们也常常在早自习时高声朗读这篇课文，我们一群男生尤其喜欢"Ade，我的蟋蟀们！Ade，我的覆盆子们和木莲们！"它成了我们的口头禅，几乎都够抒发我们所有的情感，比如当我们终于解答出一道非常难的数学题有一种胜利的喜悦时，或者当我们把一件事情搞砸了情绪无比沮丧时，我们都会清一清嗓子，响亮地喊一句："Ade，我的蟋蟀们！Ade，我的覆盆子们和木莲们！"这时候，就仿佛我们和鲁迅一起站在了百草园的石井栏上，心旷神怡！

后来读鲁迅的作品越来越多，对鲁迅的认识也越来越深入。我发现，鲁迅对故乡的感情是复杂的，他并不是一味地赞美故乡，他也毫不留情地揭露故乡的落后面，以及他少年时代在故乡感受到的世态炎凉。也许这正是鲁迅的伟大之处。在他的精神世界里，同时容纳着冰与火，爱与恨。就像他在《故乡》这一名篇里，既表达了对故乡的眷念，也感叹精神家园的失落。那一年，鲁迅回故乡接母亲去北京居住，从此他再也没有回过故乡了，这并不是鲁迅不爱故乡了，他把故乡一直珍藏在心底；另一方面，从他走出故乡起，他就在不断地延伸思想的疆域，他的思想不会拘束于故乡这一方土地上，而无论身处何方，他都会将那里作为故乡的出发点，因此他的精神变得无比开放。当我这样来理解鲁迅时，鲁迅的故乡绍兴在我的心中也变得辽阔了起来。

在随后的几天时间里，我们到过了绍兴的好几处地方，上虞的瓷源小镇、春晖中学，嵊州的越剧小镇、崇仁古镇，等等。今天的绍兴显然已经不是鲁迅当年在绍兴时的景象了，它变得非常的现代化，如果鲁迅要在这时回到故乡也会对故乡的变化之巨心生赞叹的。坦白说，在面对这些现代化的景象时，我几乎都忘记了这次来绍兴是专程为了纪念鲁迅140周年诞辰而来的，我们是在浏览绍兴改革开放巨大变化的精彩。好在我已经懂得了，来到了绍兴并不意味着就走近了鲁迅。如今的交通非常便利，我们要抵达鲁迅的故乡是很轻松的事情，但鲁迅的精神从来没有局限在自己的故乡，比来绍兴更难的是，你是否能够抵达鲁迅的精神故乡。鲁迅的精神故乡既牵连着他的故乡绍兴，又远远超越了他的故乡绍兴，是一种"心事浩茫连广宇"的伟大境遇。所幸的是，在第一天参加纪念大会的时候，我专门做了一件向鲁迅致敬的事情——我在台上为大家朗诵了一段鲁迅的文学作品。

纪念大会安排了三位作家朗诵鲁迅的作品，我是其中的一位。我所朗诵的正是我最喜欢的《从百草园到三味书屋》。我从来没有在公众场合朗诵过，何况还是在这样一次庄严的大会上，走上台时未免有些紧张。但是，当我开口朗诵时，我一下子被自己的声音所包围，眼前坐着的一排排听众仿佛消失了，我把声音吐出来，也把我郁积在内心的浊气和暮气吐了出来，我只觉得神清气爽，语调愈发抑扬顿挫起来。当我大声朗诵时，就仿佛进入了鲁迅所描述的情境之中，也仿佛揣测到鲁迅写每一个字的用心。我有一种幻觉，鲁迅就在旁边默默地听着我的朗诵。事后，我仍一遍遍回想起当时的幻觉。我很兴奋，在绍兴，我真的与鲁迅相遇了，——但既不是在百草园的旧址，也不是在停泊着乌篷船的运河边，而是在朗诵之中。

我也想起了中学时代在教室里与同学们一起朗读鲁迅的课文。我们摇头晃脑，如入无人之境。没想到，我在绍兴的纪念大会上，哪怕是众目睽睽，而一旦朗诵起鲁迅，我照样是如入无人之境。既然朗诵具有如此神奇的力量，我今后应该经常用朗诵的方式重温鲁迅的作品，朗诵鲁迅，有助于排除掉心中的浊气和暮气，也只有排除了浊气和暮气，才能走进鲁迅的精神故乡。

离开绍兴的那一天上午还有些空余的时间，斯继东要带我和徐剑去参观徐渭艺术馆。走到馆前才知道，这一天是艺术馆闭馆的日子。斯继东便建议大家去运河边走走。运河边是一条不太宽敞的青石道，紧挨青石道是鳞次栉比的民居。斯继东叩开了一扇门，这里居住着一位诗人，他的笔名叫麦秸。麦秸是一位陕西富平的农民，自幼喜爱诗歌。他曾在北京、深圳等地打工，最终选择在绍兴安定下来，并被绍兴市作协接纳为一名理事。他的诗歌抒写漂泊、苦难，也吟唱阳光、理想。我们听他讲述自己的经历，一边听一边感叹不已。他因为痴迷于诗歌，妻子最终与他离婚，孩子只能交给母亲抚养。他在家乡的土地种上了苹果树，平时就委托兄弟打理，过几天他就要回去采摘苹果了。他送给我一本诗集《来去之间》，诗集中有一首诗叫《在先生家门前》，他在诗里说："我只是一棵进城的庄稼而已。"我不禁高声朗诵了起来。大家惊异地看着我。

我忽然发现，朗诵鲁迅，就是说，无论你在何时何处，你都能通过朗诵体会到鲁迅的意义。鲁迅无处不在，因为鲁迅的精神故乡无比辽阔。

十五岁的少年向往百草园

刘庆邦

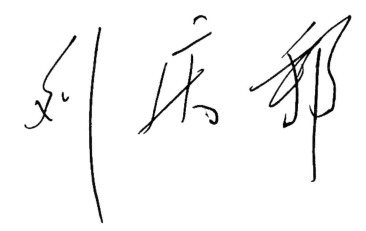

　　第一次去鲁迅先生的故乡绍兴，我还是一个刚满十五周岁的农村少年。去绍兴的具体日期我记不清了，只记得大致的时间，是公历1967年的元旦之后，农历羊年的春节之前。我的家乡在中原腹地，作为一个一文不名的未成年人，之所以能到数千里之外的绍兴去，是借助于当年"红卫兵大串连"的机会，满足的是自己的私心。去湖南看了坐落在韶山冲的毛泽东故居之后，我在湘潭的红卫兵接待站过的新年，吃了一碗很香、很难忘的肥猪肉炖胡萝卜。接着我扒火车去了南昌。我在南昌停留的目的是单一的，就是想看看我们的中学课本儿里所描绘的八一南昌大桥。到南昌的第二天，我就看到了大桥。大桥横跨在滚滚东流的赣江之上，在阵阵江风中，我趴在桥头的石头栏杆上，看碧蓝的江水，看浮在水面的鱼群，看顺流而下的行船，迟迟不愿离去。下一站，我就来到了被称为人间天堂的杭州。

到杭州看什么呢？在没到杭州之前我就听说过，杭州有西湖、断桥，有钱塘江、六和塔，还有灵隐寺、岳飞庙等等，风景名胜多得数不胜数。但这些都不是我最想去的地方，或者说都不是我的首选。那么，我首选的地方是哪里呢？说出来也许有的朋友不相信，我的首选之地是离杭州不太远的绍兴的百草园。为什么一心一意要去百草园看看呢？这也是课本的作用，文章的力量。在我们中学的语文课文里，有一篇鲁迅先生的文章，题目是《从百草园到三味书屋》。文章所写到的百草园里，有树有藤，有菜畦水井，有草有花，有绿有红，有鸟有蜂，内容十分丰富，美好。鲁迅先生说，百草园是他儿时的乐园。我们把文章读来读去，诵来诵去，百草园就留在了我们心中，似乎也成了我们的乐园，精神乐园。记得我们的语文老师在讲这篇课文时，讲得声情并茂，对百草园十分神往。他说他很想去百草园看看，这辈子恐怕是没有机会了。哪个同学若有机会，他希望一定要替他去看看百草园。基于这些根深蒂固的原因，我既然来到了杭州，就一定要到绍兴的百草园看一看，如果不去看百草园，来杭州跟白跑一趟差不多。

我向接待站的服务人员打听得知，从杭州到绍兴有一百二十多华里，既没有火车可乘坐，卖票的公共汽车也很少，要去绍兴，只能是步行。步行对我来说不是什么难事。我一开始组织的就是徒步长征队，我们打着红旗，从家乡的学校出发南下，穿过大别山，一直走到了武汉。通过"长征"，我觉得我已经锻炼出来了，一天走个一百多里不成问题。我还听说，从杭州到绍兴，虽没有客运列车，却有一条运货的铁路通往绍兴。于是，到杭州的第二天一大早，我就披着星光，沿着两道铁轨之间的枕木，快步向绍兴进发。我没有别的同伴，我的长征队伍到武汉就走散了，从武汉再往前，就剩下我孤身一人。我身上没带什么东西，只背了一个跟当过兵的堂哥借来的黄军挎。挎包里装着折叠起来的长征队的旗帜，还有一本包了红塑料皮的袖珍《毛主席语录》，语录本里夹着学校给我们开的介绍信。从夜里走到白天，从早上走到中午，因担心天黑之前走不到绍兴，我半路没有停下来，中午连一口饭都没吃，连一口水都没喝，一直在枕木上跨越式前行。走得热了，我觉得后背上汗津津的，就解开对襟棉袄上的布扣子，露出光光的肚皮，继续往前走。没错儿，我是一个家境贫穷的农村孩子，我穿的是黑粗布棉裤和黑粗布棉袄，棉裤和棉袄外面都没有罩衣，里面也没有衬衣，都是干耍筒儿。说来不怕朋友们笑话，我棉裤里不但没有穿秋裤，连件裤衩都没有，穿不起呀！我完全能够回忆起我当时的样子，支棱着头发，脸上风尘仆仆，在向着既定的目标孤独前进。我不是去地里扒红薯，也不是去地里撵兔子，而是怀着一种景仰的心情，为了一个精神性的目的，饿着肚皮，奔赴鲁迅先生笔下的百草园。

到了，在西边的天际飞满红霞的时候，我下了铁路，来到河网纵横、到处闪耀着明水的绍兴。我走上了一条长长的石板路，这条石板路铺在一条长河中间，两边都是宽阔的水面，石板路不宽也不高，离水面很近，跟水面几乎是水平的，一弯腰就能撩起一把水。水里有行船，是那种两头尖尖的小船。离我较近的一只船，跟我行进的是同一个方向。划船的人头上戴一项旧毡帽，他手里划着一支桨，脚上蹬着一支桨，借助双桨，竟比我走得还快。我想，这位划船人或许就是鲁迅家的亲戚，我加快速度，毫不放松地跟定他。当天晚上，因鲁迅故居已经关门，我没能看成百草园和三味书屋，只能就近找个接待站住下来。当时，只要自称是毛主席的红卫兵，住接待站非常容易，而且吃住全部免费。到绍兴的第二天上午，我如愿看到了向往已久的百草园。冬日的百草园显得有些荒芜和萧条，除了墙边立着一些落尽叶子的树木，墙头爬着一些枯藤，整个园子里别说百草了，连一棵绿草都看不到。但远道而来的少年并没有因此而失望，因为鲁迅先生笔下的百草园已经为他提供了一个想象的蓝本，根据蓝本，他不仅可以在想象中把百草园的情景复原，或许比原本的百草园更加丰富多彩，更加美好动人。

跨过一条小河，走过一座石桥，我当然也看了河边的三味书屋。比起百草园来，我不那么喜欢三味书屋。这可能与鲁迅先生的态度有关。我从鲁迅先生的态度里感觉出来，他对三味书屋也不是很喜欢。百草园和三味书屋，似乎代表着他的两个人生阶段，如果说前者代表自由的话，后者就意味着从此被约束，失去了无忧无虑的自由。

　　回想起来，五十五年前我第一次去百草园，并没有什么文学的观念，更没有想到日后要写小说，更多的是出于童心，出于好奇，出于想增加一些对老师和同学们吹嘘的资本。哪里料得到呢？在1972年，我二十一岁那年，当矿工之余，竟然做起小说来。更让我没有想到的是，连续写小说写到2001年，也就是在我五十岁那年，我的短篇小说《鞋》竟有幸获得了第二届鲁迅文学奖。当年的9月22日，在鲁迅先生120周年诞辰之际，我去绍兴领了奖。颁奖大会之后，在组委会的安排下，我和所有的获奖者一起，参观了鲁迅故居，以及百草园和三味书屋。三十五年后，重访百草园，我难免心生感慨，在心里默默地对百草园说：百草园，我又来了，你还记得我吗？还记得当年那个十五岁的少年吗？

　　不管怎么说，获得了鲁迅文学奖之后，我的卑微的名字就与鲁迅先生的伟大名字有了某种联系。若深究起来，当年我奔赴百草园，文学之心还是有一点的，表面看是去看百草园，实际上是奔鲁迅先生去的，冥冥之中，一颗十五岁的少年的心，是受到鲁迅先生作品的感染，得到鲁迅先生精神的召唤和心灵灯塔的指引，才坚定不移地奔鲁迅先生而去。也许从那时起，我心里才真正埋下了文学的种子，以后在不断向鲁迅学习写作的过程中，种子才渐渐发芽，开花，并结出一些果实。

　　第三次看百草园是在2004年夏天。那年，我携妻子在杭州的中国作家之家小住，我们一块儿去绍兴看了鲁迅故居后面的百草园，还看了三味书屋。

第四次看百草园，就到了 2021 年的秋天。在纪念鲁迅先生诞生 140 周年之际，《小说选刊》杂志社和绍兴市人民政府共同举办了"鲁奖作家鲁迅故乡行"采风活动，作为参加活动的三十位作家之一，同时作为一位年届古稀的老人，我从始至终参加了全部活动。在百草园里，我看到园中放置了一块未经雕琢的大石头，上面镌刻着鲁迅先生所手书的绿色字体的"百草园"。我不知何时能再来百草园，特意在石头旁边留了影，并有些不舍似的在百草园里走了两三圈儿。

我这样不厌其烦地回忆前后四次去绍兴的过程，是想说明，我一直在读鲁迅先生的书，从少年读到青年，从青年读到中年，又从中年读到老年。我的阅读经历证明，鲁迅先生的书适合各个年龄段的读者阅读，可以常读常新，越读越深，在不同的年龄阶段，可以读出不同的美好，不同的意蕴。我相信，不仅我的阅读是这样，我国所有读者的阅读感受都是这样。不仅我们这一代的读者爱读鲁迅先生的书，下一代、再下一代的读者，都会继续爱读鲁迅先生的书。不仅我国的读者爱读鲁迅先生的书，外国的读者也会视鲁迅先生的著作为圭臬。这就是经典作家经典作品的永久魅力和伟大之所在。

2021 年 10 月 8 日至 10 日于怀柔翰高文创园

再谒鲁迅

王跃文

　　大约十三年前，我第一次造访绍兴，只为拜谒鲁迅先生。我原来想象中的绍兴，自然是先生在《社戏》《风波》《祝福》《孔乙己》里描写的水乡。到了绍兴，但见纵横交错的河道，高高拱起的虹桥，络绎往来的船只，还有当作旧风物点缀水道间的乌篷船。恍惚间，我觉着某只乌篷船就是先生当年坐着回故乡的。先生的故居虽已不全是原貌，气象却是我脑海中熟识的，旧时合族而居的老宅子，形制和格局描述着古老的中国秩序。只是不见瓦楞上许多枯草的断茎，也不再见着戴瓜皮帽的男人，或穿月白满襟衫的女人。咸亨酒店前面满是天南地北穿着新潮的游人，他们是来看曲尺形大柜台的，温一杯绍兴黄酒，吃一把茴香豆。

　　正是夏天，先生故居庭树苍翠，墙脚青苔绿得发光。台门、厅堂、天井、堂屋、厢房、书斋、灶屋，一进一进往里走，跨过后门就是百草园。我自小就很向往课文里读到的百草园，因自家也有那样的菜园子。但我那天看到的百草园，早不是鲁迅先生写过的样子，菜畦依然有的，皂荚树、桑树、何首乌和木莲树，都不见了。传说中藏着巨大赤练蛇的草丛也无处可寻。我在自家菜园里是见过赤练蛇的。那蛇从邻家红薯地里爬出来，从我家菜地委蛇而行，慢慢钻进我家墙脚的洞眼里去。老辈人讲，屋场蛇是灵物，原是祖先化身，不能去打的。我哪怕相信赤练蛇是祖先的灵，也是怕得双腿都僵了。我也在自家菜园里捕过蝉，那是幼时夏天必做的趣事。我的家乡，蝉是叫作早禾郎的。这时节，田里的禾稻熟了，农家正在收谷子。大人们收谷子去了，我在菜园里捉早禾郎。

先生诞生140周年之际，我再次拜谒绍兴。汽车飞驶在高速公路上，沿途可见蜿蜒清亮的水道，谷穗金黄的田畴，屋舍高敞的村庄，操场上奔跑着孩子的学校。这些村庄，或许就是先生当年从乌篷船的篷隙里望见过的？但早已不再是"萧索"的了。上虞的国瓷，诸暨的珍珠，达利的丝绸，绍兴各色各样的宝贝让乡村越来越富饶。徜徉在春晖中学、米果果小镇、柯桥柯岩，所见依然是绍兴风情和水乡景致，弥满心间的是惬意与祥和。白马湖畔的春晖中学尤其引人驻足，李叔同、夏丏尊、朱自清、朱光潜、丰子恺等名家大师曾在此做过教师，还邀请过蔡元培、何香凝、俞平伯、柳亚子、陈望道、张大千、叶圣陶等各界硕宿贤达讲学或考察。看过白马湖边的小杨柳屋，最能会意丰子恺画的趣味，"小桌呼朋三面坐，留将一面与桃花"，"人散后，一钩新月天如水"。

再次跨进周家台门，我的脚步更轻，更慢，心也更沉静。人的联想是无来由的，望着故居照片上先生指间的烟头，我想起鲁迅先生说的："文艺是国民精神所发的火光，同时也是引导国民精神的前途的灯火。""夜正长，路也正长"，漫漫长夜里，先生指间的烟总是燃着的，他未能忘却刘和珍、冯铿、柔石、胡也频。望着三昧书屋先生当年坐过的课桌，我想象那位在桌上刻"早"字的学童，他成年以后该是怎样的形象呢？我想起《论语》里子夏描述的君子：望之俨然，即之也温，听其言也厉。鲁迅先生是庄敬严肃的，也是温暖亲切的，他的文字又是犀利深邃的。

鲁迅先生的名篇我会时常重温，偶尔也会"挑刺"。比如，先生在《药》里写华老栓"擦着火柴，点上遍身油腻的灯盏，茶馆的两间屋子，便弥满了青白的光"，我便觉得"青白"二字用得不甚确切。华老栓点的该是桐油灯，那光应是昏黄色的。或许，"青白"色更显秋的肃杀？凄冷的"青白"色调，可能正是先生写作时的心境吧。但某些常见的别人的挑刺，我却是要为先生辩护的。比如，"楼下一个男人病得要死"，"河中的船上有女人哭着她死去的母亲"，邻居们依旧唱着留声机、弄着孩子、狂笑和打牌，先生的结论似乎是"人类的悲欢并不相通，我只觉得他们吵闹"。有人便问：先生怎敢如此冷漠呢？倘如此误读先生者，请拿来《而已集·小杂感》多看几遍，想想那些日子发生了什么事，想想那些日子先生是何等心情，便不会觉得先生冷漠了。这篇小杂感写于1927年9月24日，次日便是先生四十六岁生日。那一年，中国血雨腥风，无数人头落地。一个"背着因袭的重担，肩住了黑暗的闸门"的人，一个"横眉冷对千夫指，俯首甘为孺子牛"的人，一个"心事浩茫连广宇，于无声处听惊雷"的人，在那些日子该有何等复杂心情？

我越是到了中年以后，越爱鲁迅先生的文字。他的所爱、所憎、所怜、所痛，我有同心切肤之感；先生对历史、世道和人性洞穿之清醒与冷峻，先生的坚韧、勇猛和正气，我追慕而景仰之。我珍藏有新旧两套《鲁迅全集》，都是人民文学出版社的版本。先生的作品我是通读过的，倘若非要说出个最喜欢来不可，首推当是《阿Q正传》。先生刻画的阿Q形象，既是中国的，也是世界的。我们每个人都要警惕阿Q神魂附体；或者说，阿Q其实已趴在我们背上，当提防他站起来取代了我们自己。

绍兴的严苛与宽容

东　西

今年9月，我第二次来到绍兴。走在绍兴的街巷，发现孔乙己酒店门前的那块小空地不见了，马路挨墙穿过，车来车往，熙熙攘攘。对面，起了密密麻麻的楼房，店面一家连着一家，与二十三年前我来时的景象迥异，热闹了，繁华了，也略显拥挤了。

1998年3月，我在北京领完首届鲁迅文学奖之后，便有了拜访鲁迅先生故乡的冲动，觉得没去过他的家乡却获得了以他命名的奖项，实在惭愧，似乎拿了他家的东西却不告知他似的。于是，跟当时合作的导演阿年商量后，第二天就从北京飞杭州，奔绍兴，首站参观的便是"鲁迅故居"。

不用说，我是带着激动的心情跨过那道门槛的，仿佛学生拜访老师，仿佛游子归家，仿佛一走进去就能看见满屋子的亲人。那时，游客不多，我在他的旧屋穿行，张望，想象当年他在百草园玩乐以及在屋里向母亲请安，给父亲熬药的样子，寻思这样一个家庭如何培养了一代文豪？无迹可寻，怎么看也只是一座江南的老宅院，除了表明它的主人曾经富裕，却丝毫看不出别的秘密。有那么一刹那，它似乎要夺走我的神圣感，包括试图夺走我对它的尊重，但马上它就退败，因为我的脑海涌现了关于它的诸多文字，眼前的一切立刻又变得神圣，就连窗格子也重新生动起来，就连院子里的那两株枣树也再次与众不同。这便是文字的力量，它让一座平凡的院落不再平凡。

甚至，他的文字让整个绍兴都变得不再平凡，好像这是一座虚拟的城市，树木花草、马路和楼房都是他用文字建造，以至于我想从每一个行人的脸上找到狂人、孔乙己、吕纬甫、魏连殳、子君、君生、丁举人、鲁四老爷、阿Q、祥林嫂、闰土、华老栓和看客的表情。尽管他强调他写的人物往往嘴在浙江，脸在北京，衣服在山西，是拼凑起来的角色，但只要这些人一上户口，那我们总是会把他们的出生地或籍贯写成"绍兴"。写作时作家跟着人物走，查户口时人物却要依附于作家，因为所有虚构的人物都是作家心灵的切片，如果严格划分，他们的出生地应该在作家的心里。那么，是什么原因让鲁迅先生虚构出了以上栩栩如生的人物？理论家会从他的思想、经验和阅读中寻找答案，作家会去探究他固执的偶然的思考的灵感来源，读者会认为这是他的天赋，心理学家则要分析他的心理成因。

美国作家海明威说少年时恰当的困难是写作最好的老师，这句话放在鲁迅先生身上再合适不过了。鲁迅与故乡的关系并不好。1922年，他在《呐喊》自序中说："有谁从小康人家而坠入困顿的么，我以为在这途路中，大概可以看见世人的真面目。"十三岁那年，他那在京城做官的祖父因故入狱；十六岁时，他长期患病的父亲病逝，家境迅速败落。家境一旦败落，难免就会看到冷眼，尝尽人间百味。周围冷漠的眼光、冰凉的话语、鄙夷的神情都在少年鲁迅的身上发生化学反应并塑造他的性格。从那时起，他就懂得了真诚的重要、同情的珍贵以及爱心的伟大。毫不讳言，在人格形成的重要时期，他对故乡是失望的。十八岁那年，他离开家乡到南京水师学堂学习。二十岁那年，他母亲给他订了一门他并不满意的婚事；二十一岁时，他远赴日本求学。1910年9月，二十九岁的他回到绍兴担任中学堂教员兼监学，其状态是：囚发蓝衫，喝酒抽烟，意志消沉，荒落殆尽，其内心的痛苦压抑可想而知。1912年2月，三十一岁的他应蔡元培先生之邀到教育部任职，第二次离开故乡，有一种与家乡漠然隔绝的态度，以至于1919年底他最后一次离开绍兴后，再也没有回来，直到1936年逝世，十七年不回家乡。

按照心理学逻辑，这样的原生家庭或者说原生故乡，是塑造不出一个人的好脾气的，愤怒和郁闷在所难免，所以鲁迅先生要"横眉冷对"，要"一个都不宽容"。假如我们用这样的性格去从政或经商，那必定败得一塌糊涂，所幸，这样的性格用在了文学上，而恰恰又用在了腐朽而专制的那个时代的文学上，其价值便像小草顶着石板硬是给拱了出来。从幸福的角度思考，鲁迅先生少年时的不幸是彻底的不幸，但如果从文学的角度来思考，那他少年时的遭遇却是他一生的幸事，否则他不会成为一个作家，不会成为一个深刻者，也不会如此清醒和决绝。他塑造的人物之所以那么典型而又那么犀利，是因为他在写作时总是处于紧张和焦虑的状态，他不想放过别人更不想放过自己。他的心思太重了，重到想扛起整个闸门。他的头脑太清醒了，清醒得就像X光机可以透视一切。他的内心太绝望了，绝望到只能从绝望中寻找希望。毫不夸张地说，他的秉性和才华大部分是生活的馈赠，是被动的选择。如果不是环境所逼迫，谁又愿意用生活的苦难去换取文学的成就？要知道，不是所有的苦难都能让人成长，也不是所有的人都能战胜苦难，许多人在苦难面前默默倒下，而让苦难倒下的人却寥寥无几，鲁迅算是一个。

所以，我们要感谢绍兴，感谢那个时代、故乡以及左邻右舍的白眼与冷漠，是他们的严苛造就了鲁迅的硬骨头精神，当然，我们更应该感谢今天的绍兴，感谢今天绍兴人的宽容与接纳。绍兴并不因为鲁迅塑造了阿Q、狂人、孔乙己和祥林嫂等等人物形象而觉得他在丑化故乡，更不会简单粗暴地把这些人物从绍兴的户口本上剔除。这是一座城市成熟的标志，也是她慈祥的本质。绍兴，你给他的严苛他已毫不保留地还给了你，而你给他的哪怕一丁点温暖，他也如数奉还甚至加倍奉还。看吧，他"爱之深，责之切"，他"哀

其不幸，怒其不争"，他不仅"横眉冷对"还"俯首甘为"，对故乡

的一件件小事和一个个低微的生命，深怀感激与悲悯。

希望总是孕育于绝望，宽容往往开始于严苛。

2021 年 10 月 28 日

读鲁迅，看绍兴

洪治纲

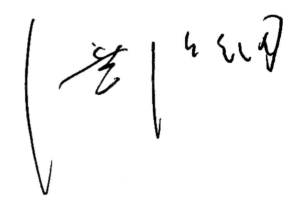

绍兴虽然身处江南水乡的腹地，吴侬软语，山幽河清，但一直怀抱卧薪尝胆的刚烈之志，深藏金刚怒目的血性禀赋。这种刚柔相济的精神，傲骨禅心的品性，既构成了绍兴在地域上的独特文化之气质，也哺育了此地成长起来的无数壮怀之士。"鉴湖越台名士乡"，鲁迅便是其中最具代表性的人物之一。

读鲁迅，很多时候，我总觉得，其实也是从另一个角度读绍兴，读作为地域文化意义上的具象化的绍兴。从未庄、鲁镇到S城、S会馆，在鲁迅的笔下，绍兴几乎无处不在，无时不在。它是鲁迅观察世界的一个重要窗口，也是鲁迅展示思想和情感的一个核心舞台。作为中国现代史上极为杰出的文学家、思想家、革命家，鲁迅的著述始终与中华民族的精神维系在一起，鲁迅的名字始终引导着中华民族文化前进的方向。他以无与伦比的深刻思想和永不妥协的铮铮傲骨，成为中国现代文化史上一座至今仍无人能够超越的高峰巨峦。他一生的著述，诚如蔡元培所言："感想之丰富，观察之深刻，意境之隽永，字句之正确，他人所苦思力索而不易得到的，他却很自然的写出来。这是何等天才！又是何等学力！"然而，在天才和学力的背后，让我们念念不忘的，还有绍兴这一特殊的地域文化精神，同样对他的心魂给予了巨大的支撑。

每个人的故乡都是他的精神原乡，因为每个人都是在特定地域中成长起来的文化载体，他永远也无法摆脱或超越其地域性的文化记忆。绍兴，正是在这种特殊的意义上，赋予了鲁迅一颗永不屈从的灵魂和刚柔兼济的气质。丹纳在《艺术哲学》中就曾提出，影响艺术创作的重要外部因素有三个：种族、时代和环境。虽然丹纳将环境仅仅圈定在自然环境上，包括气候、自然风貌等客观因素，而将社会环境中的风俗伦理及现实秩序等纳入了时代因素之中，但从整体上说，他显然意识到了地域文化对于文学创作的重要影响。这种影响，至少包含了三个重要的内在元素：一是地域的自然风貌所形成的特殊人文景观，如鲁迅笔下频频出现的水乡和代步的小船；二是地域之中所蕴藉的语言文化习俗和人情世界；三是地域之中所形成的人们普遍具有的文化性格。这三个重要元素，对于作家的成长具有决定性的作用，因为童年记忆会对一个人的一生形成内在的规约。在鲁迅的作品中，我们既可以从《故乡》《祝福》《在酒楼上》《药》中体会到江南冬天阴郁潮湿的彻骨之冷，也可以在《社戏》《孔乙己》《阿Q正传》《风波》里品味出各种特殊的地域民情和文化习俗，并让我们看到乌篷船、乌毡帽、绍兴酒、茴香豆、油豆腐、目连戏等等元素所构成了独特的日常生活。它们是鲁迅随手拈来的细节，却折射了鲁迅内心深处的故园情结。可以说，绍兴的地域文化，早已通过各种方式，渗透在鲁迅的血脉之中，使他在写作之中，总是会自觉不自觉地向故乡发出邀请。

作为鲁迅心中的精神密码，绍兴尽管给他带来了太多复杂的心绪，但是也构成了他一生的创作基调。"老屋离我愈远了；故乡的山水也都渐渐远离了我，但我却并不感到怎样的留恋。我只觉得我四面有看不见的高墙，将我隔成孤身，使我非常气闷；那西瓜地上的银项圈的小英雄的影像，我本来十分清楚，现在却忽地模糊了，又使我非常的悲哀。"在小说《故乡》里，鲁迅曾不无悲凉地写下了这样的文字，其中的爱意与忧伤、温暖与苍凉、亲切与疏离，隐秘地熔铸在一起，让人内心涌动着难以言说的无奈。文艺心理学认为，作家的创作，从某种意义上说，其实都是向童年的记忆发出召唤。所以莫言无法抛弃高密，迟子建无法离开黑土地，库切没办法与南非割断精神上的脐带，奈保尔也没有办法遗忘加勒比，余华甚至直接说，他只要写作，就是回家。因为作家们的成长、尤其是他们与世界建立关系的最初记忆和经验，都是源于这种独特的地域性。这也是为什么鲁迅的笔下会频繁出现鲁镇、未庄、S城等地域空间的缘由。所以读鲁迅，就是从另一个角度读绍兴。

自古而来，"会稽乃报仇雪耻之乡"，江南的温润，给了绍兴一副温文尔雅的面容，却赋予了绍兴人一个不屈的灵魂。所以当鲁迅面对故乡，总是深陷于爱与怨的缠绵；从阿Q、孔乙己、豆腐西施、九斤老太，到祥林嫂、闰土、华老栓、夏三爷，无不饱含了鲁迅深切的体恤和无助的忧伤，以至于他最后发出了"一个都不宽恕"的呐喊。"鲁迅的骨头是最硬的，他没有丝毫的奴颜和媚骨，这是殖民地半殖民地人民最可宝贵的性格。鲁迅是在文化战线上，代表全民族的大多数，向着敌人冲锋陷阵的最正确、最勇敢、最坚决、最忠实、最热忱的空前的民族英雄。鲁迅的方向，就是中华民族新文化的方向。"今天，当我们坐在咸亨酒店的条凳上，喝一碗绍兴酒，嚼几颗茴香豆，再细细品味毛泽东对鲁迅的这段评价，仍然觉得余味深长。

鲁迅是绍兴魂，也是民族魂。

朗读故乡

刘醒龙

说读书是一辈子的事，是将人生意义包括在读书之中。

说读书是青少年的事，则是将读书当作人生的某个阶段。

受邀参加鲁迅先生诞辰140周年纪念活动，以一头花白的年纪，站在绍兴的高台之上，捧着《故乡》细心朗读，那感觉与小时候，在课堂上被老师用教鞭或者粉笔头指着点名站起来读课文《故乡》时很不一样；与之后的许多次，独自在书房里，对着那赫赫有名的大部头默默诵读更不一样。

这里所说的不一样，对读书人是如此。

对所读到的《故乡》，以及从中读到的某处故乡也是如此。

一百年前，《故乡》问世之初，茅盾先生曾经写过推荐语："过去的三个月中的创作我最佩服的是鲁迅的《故乡》。我觉得这篇《故乡》的中心思想是悲哀那人与人中间的不了解、隔膜。"一般地方，只要去过或者听说过，随口来上几句，议论议论，爱听不听，爱信不信，没什么大事。在拥有《故乡》的绍兴，可不能随随便便想要开口就能开口。眼前的绍兴分明站着一位文化巨人，弄不好就会像旧时乡学里的学童，要挨先生的板子。有一点是肯定的，也是可以说的，近代以来的读书人，在潜移默化中不知不觉已将绍兴当成自己心中的故乡，哪怕那还在启蒙阶段的小学生，只要提到绍兴，提到鲁迅故居的百草园，提到小时候的闰土和长大后的闰土，就有一种说来就来的熟悉。

一百年后，站在绍兴的土地上，又读《故乡》，历史与时代早已变得面目全非，而人们心里，关于故乡的情愫与理解，竟然还是一百年前鲁迅先生写过的那样。这大概是近乡情更怯的永恒来由，也是"再伟大的男人回到家乡也是孙子"的背景。

离开百年，再回来还是少年。不是故乡寻而不得，是我们的情怀紧紧勾连于当初离去的那个时间段，而故乡却像闰土那样，早已背着沧桑成年了。成年的闰土，似是而非，似非而是，反而是其膝下新生的小小闰土，不是故旧，却成故旧。

故乡可以是天下，天下难得成为故乡。

鲁迅先生的《故乡》未必就是天下，天下之事都在年复一年地成就每个人的《故乡》。

我来过绍兴几次，大都是不请自到。每次进到绍兴城里就奔着心中念想而去。有时候先去鲁迅故居，再去沈园，有时候先去沈园，再去鲁迅故居，没有哪一次是顾此失彼的。在2019年出版的文学回忆录中，我写了一章"文学是写给自己的锦书"，正是由于沈园往事在心里的动静。在绍兴的走一走、看一看，明知见不着当年有无限趣味的百草园，也不可能再有那古典主义的"山盟虽在，锦书难托"的"错错错"和"莫莫莫"，每一次从那些地方出来，心里还是会生长一些惆怅与力量。当下社会，人类深爱的文学，很容易变为沈园内外的锦书，而这锦书会进一步变成《故乡》中惊世骇俗的句子。一百年后再读，谁个不认为，那些都是老早老早就为今天的人们所预备的？

十多年前，陪还在上小学的女儿来绍兴参加一个国际合唱节。论舞台上的表现，女儿参加的少儿合唱团完全可以获金奖，却由于一个实实在在的理由，只颁给一个银奖。所以印象最深的是女儿与她的小伙伴们，一个个嘟着小嘴巴走在绍兴街头的小模样。这点小意外倒让我对这座小城觉察出一种不一样的可爱。那一次，一群不知何为失望，却懂得什么是委屈的天真孩子，有没有听懂合唱团带队老师的话，并不要紧，因为往后他们肯定还会在课文中与老师说过的话重逢。正如自己有机会站上绍兴的讲台，像当初读着课文那样，重新朗读《故乡》，依然对自己读出来的那些句子刻骨铭心。

其实，合唱团老师所言，同样是一种重逢。

这一次，为纪念鲁迅先生而来绍兴，只看过百草园，没来得及去沈园。那天晚上，独自一人在住处旁边闲走，不经意间进到一条空无一人的深巷，转过身来，再沿着灯影稀稀的小河走一程，心中生出一种之前来绍兴不曾有过的念头，仿佛此时此刻的绍兴才是真的绍兴。甚至还冒出一句不怕冒犯鲁迅先生的话，读遍浩瀚雄文，特别是像《故乡》这样的篇章里，何尝没有弥漫于沈园中，"东风恶"的"错错错"，"欢情薄"的"莫莫莫"？

人所见识的世界，谁个不是以己之心度人之腹！常言子非鱼，安知鱼之乐？又说子非我，安知我不知鱼之乐？这样那样的道理，都可以用在《故乡》所写的故乡，用在鲁迅所写的闰土。也可以用于再次朗读《故乡》的我对于先生篇章中的绍兴和现今绍兴的丁点理解。

还记得第一次来绍兴，一条古运河上，全是日常人家的乌篷船，两岸人家烟火气十足，至于如何进的百草园和沈园，脑子里的印象都不太清晰了。唯独心心念念准准地记着，那河边一处挤满时髦人群，却是由农家牛棚翻新而成的"牛栏咖啡"。后来有许多次，在许多地方，见到也挂着"牛栏咖啡"的咖啡小店，总免不了在心里一笑。这种最早出现在绍兴的人间写意，正如最早出现在绍兴的百草园，哪怕东方世界的各个校园都有名叫百草园的角落，也且自由他们去。

合唱团的老师曾对合唱团的孩子们说：

——希望是本无所谓有，无所谓无的。

——这正如地上的路；其实地上本没有路，走的人多了，也便成了路。

鲁迅先生的金句，对后人影响太大了。很难想象，如此励志的格言竟然是忧郁得让人透不过气来的《故乡》的结束语，其特征太符合某些小说理论所指的可有可无、有添足之嫌的闲笔。这一细节也正是先生的文化品格的超级与伟大所在。前辈作家刘富道说过一句令人极其受用的话：小说就是闲笔的艺术。熟读鲁迅就会发现，先生正是这样将闲笔写成神来之笔的大师。这才有了一部《故乡》其影响之广阔顶得上先生其余的全部作品之说。

无论谁，经历略久些，懂得什么时候必须记得故乡，那况味，往往近乎神来之笔。同样，有了《故乡》的绍兴，俨然如美丽江南的神来之笔。

2021 年 9 月 24 日于绍兴饭店

无穷的远方　无数的人们

范小青

　　我小时候全家下放到农村，那个地方，虽然属于江苏省，但已经是江苏的最南端，和浙江接壤，在乡间的小路走着走着，一步就跨到浙江了。

　　那个地方虽然离绍兴还有一点距离，但是风土人情，却是相近相似。

　　那一年我十四岁，还不知道鲁迅，也不知道绍兴。

　　一个十四岁的少年，怎么会？也太无知了。

　　无知是那个时候的特点。

　　后来一直到上了大学，才读到鲁迅的作品，读到鲁迅的《故乡》，一下子就被打动了。

　　"深蓝的天空中挂着一轮金黄的圆月，下面是海边的沙地，都种着一望无际的碧绿的西瓜，其间有一个十一二岁的少年，项带银圈，手捏一柄钢叉，向一匹猹尽力的刺去——"

"那西瓜地上的银项圈的小英雄的影像，我本来十分清楚，现在却忽地模糊了，又使我非常的悲哀。"

我也曾有闰土这样的儿时的乡下的朋友，他们也是像闰土一样的小英雄，下河摸蚌，下田捉黄鳝，甚至捉蛇，更有好多年龄相仿的农村小姐妹，曾经天天酱在一起，劳动，玩乐，赶到东赶到西去看露天电影，似懂非懂地和男孩子们打打闹闹。

在后来的许多年中，我也曾经再见过她们，她们看到我，还是那么的开心，欢喜，说着当年的方言，只是这开心、欢喜和方言，已然不是当年的开心、欢喜和方言了。

通过鲁迅的《故乡》以及其他的一些作品，绍兴的乡下，绍兴的风俗，也就当是我自己的家乡和风俗了。

原本就是如此。

因为鲁迅先生，绍兴几乎成为天下文人共同的家乡，是我们心中亲切的时时牵挂着的家乡。

可是先前我却一直没有一个去绍兴的机会——其实并不是没有机会，又没有远隔千山万水，这样的机会如果真的想要有，分分钟也会有的，却恰恰是因为感觉离得很近，感觉就是我待过的那个农村，那个故乡，也就不用特别在意去不去绍兴。

所以，竟然一直到了2007年，我才头一次去绍兴，那时候我已经年过半百。

2007年秋天，第四届鲁迅文学奖颁奖活动在绍兴举行，我的《城乡简史》获了那一届的短篇小说奖，就如同圆梦似的，我到了绍兴。

或者就是乐极生悲了，那第一次的绍兴之行，却是十分的不顺利。我自己头天得了急性肠胃炎，强忍着不适参加了当天晚上的颁奖大会，结果碰上了更大的事故，我的获奖小说的责任编辑、《山花》主编何锐老师，不幸摔成了重伤。活动结束，晚上我到医院看他的时候，他还在昏迷中。过了一天，我再去看他，他已经抢救过来，但也只能算是半清醒，陪护他的女儿凑到他的耳边说，范小青来看你了。接下来的一幕，让我终生难忘，只见何老师从被子下面，缓缓地伸出一只瘦骨嶙峋的手，朝我张开着，含混不清地说，是范小青啊，你来送稿子了。

虽然含混不清，但是我听清了，我听清了，我的内心，有一个声音在说，吃的是草，挤出来的是奶、血。

这是鲁迅说的。

说的也是何锐老师以及我们遇见过和没有遇见过的许许多多文学刊物的编辑老师。

所以，那第一次的绍兴之行，竟是如此的意外和不安，我匆匆离开了绍兴。离开的时候，我不知道有没有在心里念叨些什么，比如说，绍兴啊，我们下一回再见。

多年以后，终于有了下一回。

今年是鲁迅先生诞辰140周年，我又到绍兴了。

天气很好，心情也好，去到鲁迅故居的时候，阳光灿烂，气候却是清凉宜人的，绍兴，终于张开了热情的双臂迎接我这个姗姗来迟的崇拜者。

不是节假日，也不是双休，游人却是很多的，位于绍兴东昌坊口的鲁迅故居，是一座清代建筑，坐北朝南共六进，八十余间房屋，连后院的百草园在内，占地四千平方米。

典型的江南老宅子。

最近一阵我正在写作一个关于苏州古城老宅子的作品，所以满心眼满脑子都是老宅子，尤其是清朝的老宅子。

我在苏州的大街小巷，在一个又一个的老宅子里走来走去。

现在，我又走进了一个老宅子。它的总体风格是江南的，粉墙黛瓦飞檐，雕梁画栋库门，石板或青石的地面，有匾有联一应俱全。它和苏州的老宅子，既像又不像，似乎更多了一些沉重，那应该是鲁迅这个名字里含着的分量，也似乎多了一些疏朗，那是百草园这块普通而又特殊的园地给老宅的影响。

老宅里人很多，人虽多，气息却未曾太乱，当你抬腿跨进高高的门槛，你的声音就自然而然地降低下来。

如同走进苏州小巷，小巷的狭窄和安静，会让你连脚步都放慢放轻，"因为四周的沉寂使你不好意思高声地响起喉咙来"。

在鲁迅故居，更是如此，故人的精神气还在这里浸润渗透，历史的烟火气还在这里弥漫扩散，《狂人日记》《祝福》《阿Q正传》《故乡》《从百草园到三味书屋》……

始终守在我们精神深处的鲁迅，和可触可摸的现实在这里相遇了，碰撞出的火花，点燃了我们面向未来的信心。

那一天，我们在鲁迅故居待的时间并不长，但是这座江南老宅，已经留下了我们永远的记忆和向往，也吸引着我们去寻求、去更多地了解它，认识它。也许，尽我们一辈子的努力，我们也不能真正地彻底地走进去，它的神秘，它的深邃，它的奇特，足够我们一辈子的探索了。

绍兴，鲁迅的故乡，是个神奇甚至有点神秘的地方，历史悠久，自然环境优美，人文荟萃。绍兴与鲁迅的关系，是绍兴因鲁迅而有幸，还是鲁迅因绍兴而有幸，我想这两者应该是互补相融的。

应该是我们最有幸，在文字中和鲁迅相遇，在现实中与绍兴相会。这就是绍兴的魅力，让天下的文人心向往之，情牵挂之。

获得鲁迅文学奖，给了我极大的鼓励，此后我的写作进入了一个新的阶段，创作力大大增强，写作上对自己的要求也更高了。因此可以说，绍兴是我人生道路上的加油站，新起点。感谢绍兴。

鲁迅的作品，是我们成长中的必读书，每一篇每一章都内容博大，精彩纷呈。无论对于初学写作者，还是已有经历的作家，都是写作路上不可缺少的启示。鲁迅的作品是历史的，也是当代的；他的作品不仅是思想的高峰，更是艺术的高峰。现实的荒诞，社会的弊病，人类的困惑，未来的迷茫，我们今天正在深切感受的一切，鲁迅早就走在前面了。

"倘只看书，便成了书橱。"

"其实地上本没有路，走的人多了，也便成了路。"

"哪里有什么天才，我只是把别人喝咖啡的时间用来工作了。"

"希望是附丽于存在的，有存在，便有希望，有希望，便是光明。"

我在纪念大会的大屏上，看到了我从来没有看到过的一段话："无穷的远方，无数的人们，都和我有关。"

绍兴的那盏灯

关仁山

　　为什么不让那盏灯再亮一点？

　　其实，太过于明亮的灯盏会灼伤我们的眼睛。还有，那不仅仅是一个灯盏，抑或是一颗星，星星聚集起来，在我们心里汇聚成一束光，星光从黑暗中走来，携带着光明的风暴，摧毁所有腐朽的东西，这一束光深埋在心里。初到绍兴，我们第一想到了那盏灯，那星光就是鲁迅。因为这一颗星，一扫群星之光，似乎独霸了苍天，似乎是燃烧，发出不朽的光芒。我们仰望这颗星，它使国家的天空变得澄明。

　　我在夜空有幸目睹了这一美丽的天象。

　　这个疫情刚刚缓解的秋天，我们到绍兴参加纪念鲁迅先生140周年诞辰，活动之后我们要在绍兴参加采风活动。鲁迅的名言：无穷的远方，无数的人们，都和我有关。

鲁迅先生批判国民劣根性，胸中装着大众，启蒙大众，期盼大众的觉醒。人类不屈的生命通道打开了。

鲁迅说：中国唯有国魂是最可宝贵的，唯有它发扬起来，中国人才有进步。大师思想的高峰，艺术的先锋，他的预见性，对于今天的生活有着长久的影响。

每次见到鲁迅的画像，我都很激动，心底便生出一种奔赴和投入的勇气。绍兴的大地上为什么会诞生鲁迅这样的文学大师？这是我思考的问题。

每个人的心中都有一座雕像，每座雕像里都有一个无法言说的故事。我们参观鲁迅故居，看到了百草园和三味书屋。瞻仰鲁迅先生生活过的地方。粉墙黛瓦，古色古香的建筑和大自然有机融为一体，一点不突兀，融洽而和美。我抬头仰望天空，祥云在那里缭绕，似乎从这方土地的历史中找到答案。我的脑海里，便浮现出阿Q、祥林嫂、闰土，想到鲁镇、乌篷船和社戏。

故乡有多少种眼神，便有多少种世相。人的故乡指某一地域，而心灵的故乡则是一种深刻辽阔的心。

鲁迅笔下的历史，与我们今天的生活有怎样的映照呢？绍兴作为江南水乡的特色文化和生态旅游城市，杭州都市圈副中心城市，做好现在，未来就不会遥远。在这里我们发现文化旅游的秘密。

这一次，我还听说这里是西施故里，在绍兴诸暨，还有书圣故里，这些虽然没有参观，但是，我们感受到其中文化的根脉。绍兴人对家乡爱得真、爱得深，只有真诚的情感，才会感到独特。我却感受到一种神圣和敬仰。有的人总是习惯讲述历史的苦难、不幸、牺牲。其实，他们从来没有自我怜悯，也没有自认崇高。其实啊，生活永远没有欺骗我们，只是我们误解了生活。那是一种感悟之后灵魂的升华。鲁迅笔下民族的脊梁，他们为国家捐躯，我们有一种来自心底的悲壮；曙光照耀的绍兴，就在眼前，也在远方。

绍兴的水好，酿造的黄酒，天下美传。绍兴的山水啊，该绿就绿，该黄就黄，一年又一年。过去在整个浙江比，这里经济并不发达，但是，这种文化资源聚集的能量，让这一方土地腾飞，给我一种冲向潮头的感觉。

心里的，梦里的，存在的，回忆的，该留下的留下了。在我们的会上，听到领导介绍绍兴，撇开文化回到经济，绍兴的经济除了旅游，还有纱、布、领带、家具、化学药品、塑料制品、平板玻璃、钢铁制造等等，还有粮食、棉花、甘蔗、水果、茶叶等等，还有一个数字让我惊讶，2020年，全年网络零售额747亿元，居民网络消费752亿元，跨境电商网络零售出口21亿元。这是北方城市不敢比拟的成果。我们到了中国淡水珍珠之乡诸暨参观珍珠插核，还游览米果果旅游小镇，都是让我们难忘的。绍兴有厚重的历史，才有今天工业的辉煌，其中隐藏着多少故事啊！那是梦幻般的意境，颇为赏心悦目。一语惊醒梦中人，我们好像从梦中醒来，看杭州的建筑，在现代化的高楼大厦之间感受绍兴古建筑，别有一番风味。

我们去参观著名的春晖中学，1908年建立的古老学校，有着怎样的历史人文积淀啊？我在弘一法师居住的地方驻足，感受到那里的禅意和生命的苍凉。体味了大师"悲欣交集"的文化内涵，现代人对历史文化的追念。生命并不宽裕，爱和恨都难以完成。生活与文化接通靠什么？靠人的信仰。它笑看历史的风云聚散，让我们与历史相识，让城市留下记忆，给人们留下乡愁，给我们留下谜语，留下疑问，也给我们留下了无尽的思考。我生命的一部分，已经悄悄潜入绍兴的骨血，灵魂突然地飞起，超越了灰黑的普彤塔，并在飞翔中体味古寺的独特味道。特别是走到春晖中学的白马湖畔，这里意象通明，透出一种温柔淡定的平静。让人觉着绍兴和世界的精神联系是那么奥妙无穷，意味深长，别有风韵。

这里的风景朴拙而深奥，极有韵味，极为独特。绍兴人常常不无自豪地说：我们是绍兴人。其实，绍兴最让人瞩目的还是绍兴文化。

绍兴有怎样一种美呢？美在文化，我的思考从经济回到文化，其实，文化是经济的压舱石。从最早的大禹，他虽然不是绍兴人，但是最后葬在了绍兴，大思想家王阳明也曾居住在绍兴，大诗人陆游来到绍兴作诗，名人履痕，无不留下文化的芬芳。爱文化的人，都是热爱生活的人。绍兴人生命的坚实、豁达和淡然，是生命超拔的大道。轻轻地走过去，就会别有洞天。这样的绍兴是活的，是有灵魂的，我们仿佛看见绍兴通灵的痕迹，判断出它的内在情感。在尚小云大剧院参观，那是无限陶醉的神情。我曾痴痴地想，这是怎样形成的文化奇观？

只有到了绍兴，历史中的一切尽收眼底。深入到历史深处，飘荡着岁月的风情。太阳升起的时候，大地的辉煌，好像世界被重新分娩了一次。

我们可以想象，当年是怎样的盛景啊！

灯光、明月和繁星散发着晕光，夜来无眠，我的心像飘忽的光。在今天的物质生活中，当我与庸俗的日子绝望拉锯的时候，必然的创伤如期而至，此时，我就格外崇敬历史上建设绍兴的劳动者，他们在绍兴的土地上默默奉献，无论遇到什么样的困境，都依然前行，这种力量就是最大的秘密。绍兴以它无与伦比的壮阔和爱心，告诉人们花儿永不凋谢的秘诀。鸟儿依旧放声歌唱，我知道它终会带我们去远方。

绍兴敞开博大的胸怀，拥抱那些勇敢者。以绍兴为核心，历史的记忆，思想的浪花，花的芬芳，就这样在浙江大地网织着一个立体的形象。大地为生命而歌唱，不离不弃，鞠躬尽瘁，至死不渝。我想着，这里是全民共同富裕的试验田，这里是建设乡村振兴的旅游基地，旅游是文化，这对生命将是怎样的滋养啊！在傍晚的微光里，绍兴看上去像一个梦。听说有一些孩子，站在山路上望着沉睡的绍兴，一遍遍遥望，我猜想着孩子们的真实感受。他是绍兴人，还是另外地方来的游客的孩子？他们是激励自己，还是别有雄心？

人在喧嚣中睡去了，在疲惫中成熟了，绍兴变得更加安宁了。这种安宁不是停顿，是在默默地积蓄着力量，慢慢地，绍兴就成为自信从容、旁若无人的精神巨人了。

美丽的绍兴啊，威严中透着温情，魅力无穷。我们听到了起源于绍兴的越剧，长于抒情，声腔清幽婉丽，优美动人。绍兴越剧攫住了我的灵魂。我从中感受到某种神秘的气味，会让我们有神思一样的随意和自由。

今天，从表面看，绍兴好像没有新故事了，其实，这是一种错觉，今天没有诞生鲁迅这样的文化巨人，绍兴就停滞了脚步吗？我们面临重重困扰而不绝望，正因为我们在绍兴湖找到了世界和谐的人文精神。看不到借鉴，也看不到模仿。

其实我想，看不见的风景才深奥无比。

绍兴美景属于历史，属于今天，属于艺术，其艺术的功力常常是被感动，感动的前提应该是感知。一个心灵由大大小小的感知构成，一种感知也会由无数灵动的闪念构成。我想，绍兴大地历史的深邃和今天的雄浑、壮美、同时还要写出绍兴的生动、幻景、悲悯、严密，也就写出了我们内心的光影和波澜。

我遥视着星光，恍如进入梦中。只有放下躯体负累，在绍兴养身养心，从而留下纯洁的灵魂。我的眼清澈，我的心舒缓。

我发出长长叹息：幸福的绍兴人，珍惜眼前的一切吧！

绍兴的鲁镇，绍兴的乌篷船，我们的心里住着鲁迅这样的一位大师，离开绍兴也是如此，当我们今天静静地品读他的文字时，每一次对艺术和生命的追问，其实都是为了认识国家和大地，理解我们自己的内心，更好地开掘我们心灵深处的宝藏。绍兴的大船在新时代的征程中启航了，还会有好多故事哪！我答应认真倾听，仔细斟酌。是啊，留在绍兴吧！这声音有力持久，震动着我的耳膜。我对大自然充满感激，那是生命释放后带来的巨大的喜悦。人一旦接通了这种梦想，心底就会有无穷的力量。

绍兴在新时代还会有更大的作为。绍兴的未来蕴含着巨大的商机，越来越被海内外商客看好。

大地的尽头出现了旭日。绍兴人不忘初心，造福一方。

南腔北调两先生

徐 剑

1

已经是江南二月天了。

沪上的倒春寒有点冷，那天晚上，大先生在寓里将一部杂文集编完了，收录文章共五十一篇，其中他最动情的仍是《为了忘却的记念》。此文写于1933年之夏的沪上。"左联"五位青年作家殷夫、柔石、冯铿、李伟森和胡也频被杀于上海龙华监狱，噩耗传来，大先生遂起悲愤、悲怆之情。著此文时，大先生无法抑制内心的酸楚：都是鲜活的面孔，青春的躯体，男儿未做父亲，女孩未做妻子，就被枪杀了，身中十粒弹丸，筛子般穿透玉体，飘散，化作春天的花凋、秋天的落叶。大先生不在沉默中死亡，就在沉默中爆发。于无声处听惊雷，忍将碧血沃中华啊！他相信当春乃发生。一批青春生命的寂灭，会唤醒黑夜沉沉的中国。

那天晚上，编完书稿，大先生走到阳台上，沪上万家灯火，十里洋场仍旧歌舞升平。可是一个个的生命就这样消失了，消失在五更寒冬雨里、春雪中。该给视为投枪与匕首的杂文集，取一个书名。蓦地，大先生想到前不久一个不入流的女作者，发文攻讦自己的南腔北调，说鲁迅太爱讲演了，且有些口吃，诟病之语有点毒舌妇的味道。可大先生毫不在乎，望着拂晓将至二月天，突然想到少年时曾在"三味书屋"读书，私塾先生寿镜吾先生教孩子吟诗作联，有一副妙联当时就倾倒了少年周树人："几间东倒西歪屋，一个南腔北调人。"大先生愕然，如果没有记错的话，此联应出自明朝徐渭之手，彼乃山阴人氏，乡试屡屡落榜，却惊为天人。大明有个叫梅客生的人，是徐渭挚友，称徐文长"病奇于人，人奇于诗，诗奇于字，字奇于文，文奇于画"。

他捂嘴一笑。徐渭生前，曾说自己，"吾书第一，诗次之，文次之，画又次之"。哪能这样高调呀！也不敢苟同梅客生的评论，笑尽徐渭书痴。在他看来，徐文长者，画第一，文第二，诗第三，书第四。一手锦绣文章，都糟蹋在了那手小楷上，尽管当下有人对徐渭的草书与小楷《白鹿赋》推崇备至，可毋庸置疑，徐渭当年参加科举，屡屡落榜，就输在那手字上。平心而论，他的馆阁体真不过关。大先生只字未评。那个年代，一个叫周树人的孩子，从私塾先生的口中，听到了对徐渭书法的不屑，却记住了他的撰联和文章。南腔北调，绍兴官话，说徐渭，亦说自己。大先生冷眼观历史：徐渭者，字文长，笔名天池生，艺名青藤老人。周树人者，笔名鲁迅。两个山阴人，一前一后，隔着三百六十年的时光，却像两颗双子星，闪烁华夏天空。文章却独步天下，书法自成一家。山阴道上，会稽山下，一条运河里，划过一艘乌篷船，载来两个人。

2

南腔北调两绍兴。

他伫立随园旧址绍兴宾馆，喟然长叹。绍兴城里，名人济济，灿然华夏，为何独钟这两君呢？

纪念鲁迅诞辰140周年活动落幕，三十名"鲁奖"作家各奔东西。他走得晚，上午尚有余暇。昨晚，在鲁镇游鉴湖、喝黄酒、看社戏，得知绍兴市斥资三个多亿，建了一座徐渭艺术馆。他想去看看，五百年前寂寂无闻，五百年后煌煌惊世，徐渭艺术馆如何美轮美奂？

那天早晨，睡一个自然醒，一梦到燕山。燕山太远，会稽山却很近。唯见大先生坐帆船、乌篷船而来，返回故乡。彼时，他《故乡》小说已经发表一百年，昨夜一梦小桥流水，绍兴城里，乌篷船摇啊摇，摇到了大乘巷前。

　　九点钟吃毕早餐，他驱车青藤书屋，抑或因为昨晚当着主人面，将徐渭与张岱好有一比，他更喜欢张岱，而非徐渭。踏着秋阳入大乘巷，走到青藤书屋前，发现木门半掩，他推开一看，门后坐了一个保安，说今天是周一，徐渭艺术馆闭馆。陪同而来的《野草》主编哈哈大笑，说他昨晚夜宴时称徐渭草书乏善可陈，遭报应了吧。他尴尬一笑，在徐渭老屋前，留下一张合影，然后向出口处的徐渭艺术馆走去。

　　将出大乘巷，前方，一个江南风韵艺术馆惊现眼前，左右两座白墙黑瓦人字屋顶，中间一座玻璃墙体，一条书法般弧线，映在天幕上，犹如徐渭狂草笔掠过蓝天，令他颇为惊诧，其造型足可以与苏州博物馆媲美。徐文长九泉有知，深掩五百年后，当仰天长啸。

　　啸声召唤他，走近广场，发现一个长袍大襟，长发高髻铜雕像兀自而立，风掠须发白，是徐渭在秋风中呐喊吧，吐出心中的愤愤不平。此时，徐渭还保持那个姿势，昂首向天，五百年了，狂啸的徐文长，灵魂依旧活着。此雕塑为天津大学设计，设计者是徐渭知音，五百年后终于让徐文长气冲霄汉。

　　时光的巨流河，荡涤多少英雄才俊，徐渭亦然，被岁月风尘埋得太深了。那是嘉靖年间，彼时徐渭，系一个县丞小老婆所生，庶出。刚生三个月，父亲便"挂"了，孤儿寡母，生活拮据，为长兄所养，再也抛不掉一生的自卑自艾。纵使惊为天才，依旧敏感、孤高、狷介、狂放，从大明帝国街衢上匆匆走过，终被岁月风尘淹没。袁宏道那天夜宿山阴，一壶黄酒家万里，公安派开山人喝高了，黄酒有点打头，一夜难眠。睡不着，顺手从书架上抽出一部《阙编》署名天池生。豆油灯下，纸黄煤墨，被虫咬，水浸溉漫，还有一股浓烈的霉味。昏黄灯光照着书案，袁宏道夜读，夜风乱翻书，翻着翻着，彼便被《阙编》的冷峻、犀利、老到的文笔惊骇了，读至天将破晓，再看序言，天池生，这是《四声猿》的作者徐渭。再看此公的泼墨芭蕉，袁宏道一跃而起，惊呼徐渭文曲星下凡，文章可横绝晚明一百年，后悔此生晚矣，未与文长识。次日起，逢山阴文人，袁宏道言必称青藤老人。随后去了青藤书屋，拜谒仙逝的徐渭，留下了一篇大作《徐文长传》。

二十年前，他读过徐渭传记，数次抵达青藤书屋，买了四卷本的《徐渭文集》，展读经年。而今，站在徐渭艺术馆前，感慨万千，与其说袁宏道发掘了徐渭，不如说徐渭埋葬了自己。

生父死了，徐渭随长兄生活，也许因为生性自卑，他一直压抑自己，可是内心极为张狂，心难静，馆阁体也写不顺手，写着写着，便龙飞凤舞，线条墨迹充满邪性。二十几岁才考取秀才，一直原地踏步，江南乡试名落孙山，不是他文章不好，而是他腹中太多的庄老，天马行空，独来独往，不屑于背四书五经。一个个私塾同学春闱高中，进士及第，他总是不合拍。直到三十七岁那年，他决定不考了，甘愿做一个绍兴师爷，了却一生。

从那一刻起，徐渭对科举有一种无法释怀的惆怅，念天地之悠悠，时不济吾辈兮，难交华盖。面对私塾的同窗衣锦还乡，一颗骄傲的心无处安放。知我者，谓我何忧，不知我者，谓徐渭何狂。

狂傲也是要有资本的。那年，浙江总督胡宗宪来沿海抗倭，邀徐渭当书记，就是地道绍兴师爷。彼时，嘉靖皇帝喜天下献瑞，恰好浙江得一头白鹿，胡宗宪让徐渭与另一士子写献瑞表。胡少保将两篇《白鹿赋》送至北京，请京城翰林们鉴别，士子皆以为徐文长写得最好，连同白鹿，敬献皇帝。果然嘉靖皇帝甚喜，朱笔御批献瑞表，令胡宗宪很开心，从此对徐渭刮目相看。

忽一日，都御史唐顺之来浙江，此公好古文，名重京师。胡宗宪袖中藏了两篇文章，一篇为门客所写，一篇为徐渭著文，见都御史时，先将前者敬于唐公前，唐公一看，摇头道，这篇文章比我差多了。唐公再看，胡宗宪亮出了徐渭文。唐公读毕，先是愕然，继而肃然，最后敬然，问这是谁写的啊，请出来吧，让我一睹尊容。于是乎，胡宗宪唤出徐渭，与都御史把酒言欢。从此，胡宗宪更对徐渭另眼相看。

那几年，徐文长在胡宗宪虎帐中如鱼得水，宠幸万状。他懂军事，不时为总督支招，献策抗倭。也醉卧辕门，放浪形骸。有一天晚上，胡帅与众将虎帐议军机，有事要与徐渭商议，他却与落第举子醉卧花楼，迟迟不归。更深人静，白衣乌巾，踉跄难行，胡宗宪并无半句责辞，令众官员更对徐渭奉若神明，趋之若鹜。

可是，好景并不长，徐渭在胡宗宪帐下风光三载，后因其他事件，胡遂被牵连。徐渭害怕至极，恐被牵连，装疯卖傻，铁锥刺耳、刺肾，只求一死，却未死成。

3

大先生对徐渭身世颇有点惺惺相惜。因了当年爷爷卷入考场弊案，连坐族人，周家一蹶不振。十六岁时，周树人走出私塾，赴日本留学，数年后回到北京，在教育部谋了一个公职，也算光宗耀祖吧。后来，大先生回到了绍兴，卖掉祖屋，买家是当地另一家财主，觉得周家风水不好，拆老宅，掘地三尺，将浮土运走，以去晦气。一直挖了数年，直至周树人出生的老屋前，才罢手，停挖的原因是那家豪绅没钱了。于是，留下大先生出身之房和后边的百草园。

东倒西歪几间屋。大先生从山阴归，在北京城里买了一座四合院，与弟弟周作人一家居住，参与《新青年》的创办。后因与周作人太太有隙，兄弟反目，大先生南去，蛰居沪上。从此南腔北调人，吴语喃喃，却不会苏白半句，似有口吃之嫌，别人听不太懂哦。

那天，他站在徐渭艺术馆前，秋风起，徐文长的阔袖长袍在风中飘荡，仿佛又看到杀妻，坐牢七载的徐渭，被京师同窗所救，出狱后，在绍兴圈禁管制三年，终于可以入京了。被做京官同窗聘为师爷，入幽燕，考察无定河边古战场，远足闪电河，过宣化至元上都。归来时，与府中另一门客搞不好关系，又不时为胡宗宪喊冤，不受人待见，干了几个月，便罢笔而归山阴。那同窗对徐渭拿走六十两俸银耿耿于怀，派人追至绍兴索钱，逼得徐渭变卖家产，返还银两。从此生活极为窘迫。

人生不幸画家幸，诗人、书家穷途潦倒，徐文长靠画画养家糊口。衰年变法，一个大写意画家横空出世，彼借狂草墨迹与线条，泼墨宣纸，画荷、画芭蕉、画山石，写竹、写紫藤，开一代青藤画派大写意的先河，其泼墨可谓狂飙突进，白云浸染，雨雾漫漶，独具一格。可是江南又有几人能识，书画仅在山阴朋友圈中流传，并未进入当时大明王朝的书画市场姑苏城。没有藏家追捧，注定徐渭后半生穷困潦倒。对于一个功名利禄皆忘的画家，却是幸事，经得起时间的淘洗。天空如洗。绍兴城郭的秋阳真好，天现一抹宗教蓝。他徜徉在徐渭艺术馆前，顿生感叹，一个师爷因了小楷不好，与春闱失之交臂，又因读了太多庄老之书，误了前程。加之庶出身世，一生抑郁不得志。自卑的少年，绝对的自卑，导致了绝对的自负；落第老秀才，绝对的狂妄，又陷落于绝对的自卑，最终被科举逼疯了。此徐渭，孔乙己是也，绍兴故里，比比皆是。那一刻，他知道大先生为何要写《孔乙己》，或许参照了徐渭的原型。

将别大乘巷，他不知道此巷是否因了大乘佛教而得名。匆匆走过，突然有一种历史感应与打通。大先生当年从大乘巷里踽踽独行，是何感应、感受？冥冥之中，他看到，少年周树人从寿镜吾老师处听到徐文长的对联后，或许真的来到徐渭家寓居，找到一套《阙编》和《畸谱》，看了徐渭老宅里的丈二狂草真迹，青藤芭蕉的大写意，酬字堂前，赞赏之余，但又似觉少了点什么？放逸有余，力度不够，就缺一点简约吧。

文学与艺术的至尊之境，在于大与小，重与轻，繁与简的关系，繁华与空灵，疏密与留白，删繁就简三秋树啊。他观徐渭书法，满满一大幅，过于放逸了，缺了沉雄，过于狂张了，少了法度，实则是缺了汉隶之韵。唯大先生书法高古雅正，楷中有隶，结字端庄，或拙，或简，或逸，或趣，皆有篆隶的雄强，透着一副中国气派。

中国书法历来讲究殿堂气象的，好的书家皆出自世家子弟：高古，一如钟繇；放逸，一如王右军；法度，一如颜真卿；性情，一如东坡；唯美，一如赵松雪；殿堂气，一如王觉斯。多数书家即高官文人，立朝堂之上，天风海雨，千山暮雪，皇家气象，蘸了帝国的雄风与力度。大先生文章、书法，处处透着上古气象。彼入日本留学时，就喜欢上了木刻。在上海时，仍倡导、扶掖此种画风，或许认为木刻更酷似中国汉画像石。因此，在他生命的最后时刻，仍撑着羸弱之躯，亲笔写信给台静农："南阳汉画，倘能得一份全，极望。"此离大先生逝世，仅为两个月。大先生到底在寻找什么呢？！

徐渭走远了，大先生也走远了。秋阳下，江南水天相映，一片天净沙。他站在大乘巷里，巷长四五百米，却隔了四五百年。只见大先生与徐渭，走过大乘巷，走出绍兴城，屹立中国山坳上，向众生示意，时光在那一刻凝固了。彼时，大先生一百四十岁，而徐渭，则五百岁是也。他转身朝青藤书屋，徐渭艺术馆一拜，喃喃自语，说了一句云南马普：南腔北调两绍兴。

徐文长有幸，五百年后，声誉直逼大先生。

大音希声，听到否？徐渭与大先生的时间脚步漫过大乘巷，在周家老宅前响起，回音会稽山，惊动大衢小巷。他俩窃窃私语，并非说绵绵苏白，他们在说什么呢？

南腔北腔两先生！你听得懂吗……

2021年10月13日草于二郎滩郎酒庄园五号楼5408房间，2021年10月14日17时38分改于郎酒庄园

绍兴的河流，流淌着什么

鲁　敏

故乡，在中国人的辞典里，不，在全人类的辞典里，都是何等至高无上乃至魂牵梦绕的一个词语，一种寄托。每个人在他出生后，一睁眼后模糊的所见，能跑能动后的触碰，皮肤骨骼所适应的气候与地势，母乳之后的四时食物，少年时期所攀爬亲近的草木，街道上的招牌和气味，耳里听到的方言与鸟兽的鸣叫，小桌上顽皮刻下的印痕，跨不过的门槛，饲养过的阿猫阿狗与小鸡小鸭……故乡真是宇宙般的存在啊，一茬茬的新生与衰老，来来往往的孩子离开又归来，奔腾不息，无穷匮也。

故乡塑造了她的孩子，反过来，长大后的孩子也同样会反哺般地塑造他的故乡。这里面，作家似乎尤其地具有某种优势和特权：莎士比亚与他的斯特拉斯福小镇，托尔斯泰与他的亚斯纳亚-波利亚纳庄园，福克纳和他的约克纳帕塔法，沈从文与他的湘西凤凰，莫言与他的山东高密……故乡因为他们的孩子，在偌大的蓝色星球上，拥有了独一无二的标识，成为一种风格，一种审美，一种命名，一种精神，一种流传。这是不可解释也无须解释的，应然必然之中，作家的故乡，就是文学的故乡。

大先生鲁迅，作为文学家、思想家、中国现代文学的奠基人，他在国人心目中的地位，无出其右。鲁迅先生的故乡绍兴，或也可以说是所有现代中国人一个深沉热烈的精神原乡，而对我们所有的写作者来说，则更加意味深长。相比任何一个城市，我们提到绍兴时，那语调和情感是完全不同的，甚至跟自己土生土长的故乡也不同，那只是"自己的"。大先生的故乡，那是大家的，是所有人的，因此语调里有郑重，有向往，有抽象，还有小小的亲昵——既然我们都是现代文学的后来者，不也就是绍兴的孩子吗？

作为文学故乡的绍兴，首先当然是一个城市，她有着一个江南城市所应当具备的五官、元素与修养。湿漉漉的空气，腌制菜蔬的传统，新出笼直冒热气的吃食，小方砖的地面与小方格的窗棂，不算宽大但四处可见的汩汩河流，丝绸与珍珠的丰饶出产，老码头与老粮仓的旧痕迹，闪闪发亮的单车停在咖啡馆前，里面的少年——可以认为那是九斤老太的后代，正戴着耳机对着电脑，像世界上任何一个咖啡馆里的少年一样，沉浸在二十一世纪二十年代的某个秋日。

目之所见，是这样的绍兴，又不仅是如此而已的绍兴。

2021年9月25日，为纪念鲁迅诞辰140周年，《小说选刊》和绍兴市共同邀请了历届鲁迅文学奖得主，从四面八方风尘仆仆而来，齐集在绍兴，呼啦啦站了一地。我们脚下的这颗蓝色星球正遭遇着二十一世纪以来最大的流行疫病，被缔造又被解构的现代性里蔓延着古老的隔绝，"人生不相见，动如参与商"。大部分的前辈与同行皆是多时未见了，呼声中少了甜美，鬓发上染了霜色。在这特殊的"文学一日"，这样一群因写作而歌哭、以文学为志业的新朋旧友，走在绍兴街头，像走在蒙太奇里，走在流动舞台上，走在变戏法的招数里。

这是何等复杂而百感交集的文学旅程。

所有从少年时期就背诵过的课文，在青年时期被震撼过的小说，到人到中年、午夜难眠中反复咀嚼的杂文，无数被匕首一样的词句所刺中的时刻，在踏上绍兴街面的那一瞬间，就以各种无意识、潜意识、下意识当然也包括有意识的形态，在大脑里复活了。南京的鲁迅、东京的鲁迅、杭州的鲁迅、厦门广州的鲁迅、北京的鲁迅、上海的鲁迅，所有从绍兴出发的射线，又从时间的对面折返回来，反射回到绍兴，连带起所有属于鲁迅、属于文学、属于国人也属于历史的记忆。

街面的招牌，最中意的终归是咸亨酒店。店铺的柜台应当是高且够不着的。夜里总归要上演着叫人瞌睡的社戏。牌匾上一个冷僻字，起码得有四样写法。眼中所见的树木，十之八九，应当就是皂荚树与枣树。路上走着的妇人男子，似乎也是有名有姓音容可辨：老先生寿镜吾，名医陈莲河，街坊邻居单四嫂子、蓝皮阿五和四铭太太，茶馆里的庄七光，胖胖的长妈妈，派头挺大的赵七爷，细小伶仃的杨二嫂，双手泥泞的长衫人孔乙己，眼放异光人人避之的狂人，枯裂双手的老年闰土，黑眼圈的华老栓，彷徨行路的吕纬甫，钻牛角尖的高老夫子，孤独者魏连殳，恋爱伤逝的子君和涓生，先生加太太加孩子的幸福家庭，只看到背影的女学生刘和珍，身负箭矢忙着猎杀乌鸦的后羿……虚虚实实，影影绰绰，挤挤挨挨，近了远了，浓了淡了，聚了散了。

我甚至有个奇想，到下一个大先生的诞辰纪念日，也许可以来这么一场鲁迅笔下的人物装扮秀的大团圆，我们可以走近前去，与他们诉说，与他们倾谈，听他们彼此间的交错对话！也许这么些年，作为被鲁迅先生所创造出的并获得永恒文学生命的他们，也一直在寻找鲁迅，也渴望回到鲁迅身边，回到故乡绍兴的怀抱，作为不同情境与时代里的人物，他们而今有着更为洞彻的体悟。他们会碰到现代面目的闰土和迅哥儿，碰到此际此在的子君和涓生，碰到依然在骄傲游荡且依然画不好圆圈的阿Q，碰到换了一套说辞但同样啰唆的祥林嫂……还有不断浮现起来的无名的年轻面孔，他们同样也是大先生笔下的牵挂，他们从不同的方向聚拢着靠近，像靠近温热有力的心脏，可以听到清晰深沉的声音从人群的嘈杂中破裂而出："愿中国青年都摆脱冷气，只是向上走，不必听自暴自弃者流的话。能做事的做事，能发声的发声。有一分热，发一分光。就令萤火一般，也可以在黑暗里发一点光，不必等候炬火。"

身边一起走着的同行三三两两，彼此合影，也跟绍兴合影，跟空气中看不见但我们能感受到的那些笔下人物们合影，跟未来的将要继续奔走的年轻面孔们合影。顺着小巷往里走，灯光一个接一个地首尾相连，照得路面发出洁净的银光，寂静深处，可以听到院里的老井水与城外的河水在地下深处相互应和，汇聚着流入更大更外的江河。大家静静地听了一阵，有人喃喃地说，绍兴的河流里，都流淌着什么呀，有文学，有时间，有时代，有我们每一个人的抚慰与悲喜，而从这里奔流出去的河水，也会抵达到也有无穷的远方和无数的人们罢：如大先生所愿。

谁在故乡——寻访鲁迅故居

孙惠芬

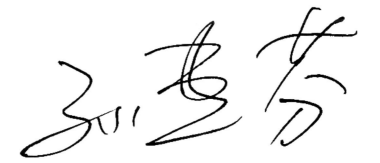

到达鲁迅故乡已是黄昏，但因为才是江南的九月，天底下满目葱茏，江堤两岸各种叫不上名的树木静静地开着花，仿佛列队站立的主人，含笑迎接我这个不速之客。

第一次来绍兴，心情自然是兴奋的，这让我忆起当年语文课上一段趣事。老师给我们读完《故乡》课文，提问说：谁能知道鲁迅先生回到故乡心情为什么不好？有的同学说：因为是深冬，又是阴天。有的同学说，因为故乡变了，不是原来的样子了。还有的说：因为他这次回来要搬家，要告别故乡。我没有发言，但我的想法和他们都不一样，我坚定地认为，鲁迅先生心情不好，是因为晕船。他家房子盖在水边，进进出出都要坐船，人一晕船，心情当然悲凉……

我自小晕车晕船，怎么都不能想象水乡人们需要摆渡的日常生活，但对那里"细脚伶仃"的杨二嫂、手皮裂开的闰土、没见过世面的水生，并不感到陌生，甚至觉得他们就是我，是我的邻居。虽然我的家里也有"在外"的人，可因为当时并没有跟谁"沾光"离开乡村的迹象，就特别羡慕文章里的母亲和宏儿，于是，在我无端地替鲁迅体会晕船痛苦的同时，又体会了宏儿走后水生的痛苦。某种程度上，感受晕船的痛苦是短暂的，感受水生的痛苦是持久的，因为水生将来是否能够离乡无法预知，就像我无法预知自己何时才能离乡一样。

其实很快地就知道了鲁迅回乡的心情与运载工具无关，但因为没有离乡，不管老师怎样分析解读，都不能真正体会一个离乡人重返故乡的哀伤和痛苦。在故乡与异乡之间，或者说在乡村与城市之间，不但有时间与空间的距离，还有文明与落后的距离，还有由此形成的记忆与现实的距离。多年以后，因为写作，我也离乡，成了异乡人，在一次又一次的还乡中体会了离乡人与故乡人的隔膜，体会了即使身体还乡，心灵也永远无法还乡的乡愁，以及作为一个"文明人"无法改变困顿灵魂的深切疼痛。然而，正是这时，当我在一次又一次的还乡中，站到了杨二嫂对面，站到了闰土和水生对面，看到他们与记忆完全不同的目光和表情，我才知道，鲁迅先生的故乡，既是我的，也是我们每一个离乡人的，它不仅仅是地理上的出发地，还连接了生命的脐带，精神的来处……于是，一些年来，我无时不在期待一次对鲁迅故里的寻访。

这样的日子终于来了，却是在课本上读到《故乡》的四十几年之后。世间的事大抵如此，缘分不到，总是不能强求。有好多次去绍兴的机会，都因种种原因阻碍了行程。直到此刻，鲁迅先生诞生140周年，《故乡》发表100周年，我的创作生涯，也已经有了三十九年……漫长的岁月，期待的野地里长出了怎样的野草无法知道，能知道的是，当借助隆重的纪念活动来到绍兴，我早已模糊了这里是水乡的印象，当接我的车沿着江堤驶向绍兴酒店，一念生起，突然就有了晕船的感觉。

作家们齐聚一堂的夜晚是热闹欢快的，第二天纪念仪式的会议是庄严庄重的，可是，就因为突然打捞了"水乡"印象，我无时无刻不感到身体的晃动。这倒并不是一件坏事，因为高度紧张，会议结束，当发现踏进鲁迅故居不需要坐船，我大感意外的同时，心情格外地好，几乎是心花怒放。虽然深宅大院外面有碧波荡漾的水池，水池里摇晃摆动着肥盈的荷叶，但因为水不在脚下而在身边，变成了背景，反而衬托了美好的心情。

这是秋天里突然热起来的日子，仿佛大自然有意呵护鲁迅先生在我们心中的温度，或者有意让我们体会从百草园到三味书屋的草长莺飞。倒是耳机里讲解员的吴侬软语忽隐忽现，让人有些着急。不过，只要用心，还是能够听到一些：嘉庆年间，曾高祖一辈在此居住，到光绪宣统年间，家道衰落。1881年9月25日，鲁迅在此出生，一直到十八岁去外地读书。1909年7月至1912年2月，鲁迅回乡任教时，又住回这里……

一路走着，听着，看着，祖母的卧室，接待客人的厅堂，三味书屋，闰土原型"闰水"的塑像，与闰水一起玩耍的长廊，长廊通着的百草园，百草园里光滑的石井栏……时空交错，似乎听到了鲁迅儿时的笑声，老祖母讲"猫是老虎师傅"的话语声，可某一个瞬间，迈过一道门槛，心情却突然沉了下来——讲解员的声音突然变得清晰：因为家道中落，鲁迅十三岁时，几乎每天都从母亲手里接过首饰去当铺，他把首饰递到高出自己一倍的柜台上，接过典当的钱，又要马上去给父亲抓药……

鲁迅先生的童年少年辛苦辗转，经历了太多的世态炎凉，这在后来的阅读中原本是知道的，可是在他的故居里听到和在书本里读到，感受完全不同。虽然游客众多，声音嘈杂，但只要你凝视眼前的木门和廊柱，总能看到一个身影：他瘦弱矮小，目光冷峻，他警醒地打量着眼前的纷繁，觉察着内心的悲凉……某个时刻，你甚至看到他身份的转换，他不再是书香之子，而变成了《故乡》里的水生，害羞地躲在人群后面……于是，禁不住就泪眼模糊了……因为就在刚才，在纪念大会的仪式上，大屏幕一直都在播放先生启迪后人的三句话："无穷的远方，无数的人们，都和我有关。"此时此刻，当这样的句子来到眼前，和一个小小身影重叠，你不禁要想，一个在故乡觉察了悲凉的小小少年，到底在哪一刻，将目光移向了无穷的远方，无数的人们？

抬头仰望宅院的屋脊，又从屋脊的缝隙朝另一条巷子望去，那里分明是穿梭的游人，是衬托着游人的砖墙，但你在那里却看到了祥林嫂、孔乙己、阿Q，看到了《狂人日记》里的狂人……鲁迅写这些作品，已经是离乡之后的事，可正因为如此，你才不难看到，这伟大的胸襟，正来自故乡的哺育和喂养……而这时，你禁不住要问：到底谁在故乡？当有一天鲁迅离乡出走，故乡成了他的远方，他在书写里与故乡会面，那个在故乡的人，是否已经不再是闰土、水生、杨二嫂，而是从小就打量着这个纷繁世界，因此内心充满悲凉的鲁迅……

一百年过去，一百四十年过去，一代代人离乡出走，一代代人守在原乡。可在这一刻，在从鲁迅故居望向另一条巷子的这一刻，我发现，一直在乡的不是别人，正是鲁迅！在乡，跟现实的到达无关，而是胸襟里深切的牵挂，灵魂里深长的抚慰，思想上无时不在的启蒙。

也是这一刻，我看见了故居外面，由外至内的一条条路。还乡的人多了，也便有了四通八达的路……

2021 年 10 月 5 日

想象儿时的鲁迅

白 烨

浙江绍兴的鲁迅故里，曾经去过多次。每次参观和造访，都会留下一些难忘的印象，取得一定的收获。这次在纪念鲁迅先生诞辰140周年之际，再赴绍兴重访鲁迅故里，又有新的感受与新的所得。

这次去往绍兴参加"鲁奖作家鲁迅故乡行"活动，乘坐的是高铁。随身携带了一本《鲁迅精选集》（北京燕山出版社2006年版），一路翻阅和品味，权作绍兴之行的功课预习。读到《从百草园到三味书屋》时，由鲁迅所描述的儿时生活，陡然对于儿时的鲁迅产生一种莫名的兴趣。因为我们对于鲁迅的了解和认知，多从他的小说、杂文开始，到一系列的文学运动、文学论战，并由文学家向思想家、革命家不断升华。渐渐地，鲁迅就差不多在脑海里固定为中年之后的形象：瘦削而严肃，横眉而冷目，不苟言笑，不怒自威。

这种对于鲁迅形象的认知应该基本接近事实，但却与鲁迅散文里自述的儿时的活泼好玩的鲁迅形象相去甚远，令人一时难以把两者对接起来。

到绍兴之后的9月25日上午，在参加了纪念鲁迅先生诞辰140周年纪念活动的开幕式后，活动主办方安排我们再度参访鲁迅故里的祖居、故居及学堂等。我们跟着当地的小导游，一路浏览和观瞻鲁迅的生活旧居和活动遗迹。当走到百草园时，不禁想起鲁迅在散文里的种种生动描述："不必说碧绿的菜畦，光滑的石井栏，高大的皂荚树，紫红的桑葚；也不必说鸣蝉在树叶里长吟，肥胖的黄蜂伏在菜花上，轻捷的叫天子(云雀)忽然从草间直窜向云霄里去了。单是周围的短短的泥墙根一带，就有无限趣味。油蛉在这里低唱，蟋蟀们在这里弹琴。翻开断砖来，有时会遇见蜈蚣；还有斑蝥，倘若用手指按住它的脊梁，便会啪的一声，从后窍喷出一阵烟雾。何首乌藤和木莲藤缠络着，木莲有莲房一般的果实，何首乌有臃肿的根。有人说，何首乌根是有像人形的，吃了便可以成仙，我于是常常拔它起来，牵连不断地拔起来，也曾因此弄坏了泥墙，却从来没有见过有一块根像人样。如果不怕刺，还可以摘到覆盆子，像小珊瑚珠攒成的小球，又酸又甜，色味都比桑葚要好得远。"想到这些描述，我便拉住一边前行一边解说的小导游询问，当年的"泥墙根"在哪里，她指着左手一侧的砖墙说，这里就是当年的"泥墙根"。我瞅着现在的长长的砖墙，想象着当年还是泥墙根时，小小的鲁迅捉蟋蟀，找蜈蚣，拔何首乌，摘覆盆子的种种情形……如同寻常孩童一般，喜好玩耍，以泥土为乐的儿时鲁迅，浮现在眼前，久久挥之不去。

从百草园出来走不多远，就到了鲁迅当年的私塾学堂——三味书屋。书屋并不算大，摆了十几张小桌子，鲁迅当年坐过的书桌，摆在靠东北方向的拐角处。从居中的老师讲台看去，算是偏居一隅。当大家从门外、窗外向里张望和照相的时候，我的脑海里又响起了鲁迅散文里的另一段描述："三味书屋后面也有一个园，虽然小，但在那里也可以爬上花坛去折蜡梅花，在地上或桂花树上寻蝉蜕。最好的工作是捉了苍蝇喂蚂蚁，静悄悄地没有声音。然而同窗们到园里的太多，太久，可就不行了，先生在书房里便大叫起来：'人都到那里去了！'人们便一个一个陆续走回去；一同回去，也不行的。他有一条戒尺，但是不常用，也有罚跪的规则，但也不常用，普通总不过瞪几眼，大声道：'读书！'于是大家放开喉咙读一阵书，真是人声鼎沸。"这样想象着，回味着，爱好花草虫鸟，痴迷泥土快乐的少年鲁迅又浮现于眼前，而且与那个经常出没于百草园的小鲁迅，如出一辙，毫无二致。

儿时的鲁迅，与所有的孩子一样，具有那个年龄段孩童的共同爱好与寻常乐趣，这当然并不令人惊奇，但却在我心里平添了许多的平和与难言的亲切。在随后对于鲁家新台门、土谷祠等地方的参观中，我一直都在思谋和琢磨儿时的鲁迅与此后的鲁迅的关联所在。我逐渐悟出了这看似反差甚大的两个鲁迅之间的内在联系。那就是，伟人鲁迅实由儿时的鲁迅成长而来，儿时鲁迅的贪玩好耍，以及他对儿时乐趣的念念不忘，一直把"百草园"和三味书屋后边的小园子，称为自己的"乐园"，这里所显示出来的，是他对儿时天性的格外推崇，对人之本真的高度看重，而这看似平常又平凡的地方，恰恰是他成长的起点、人生的支点。

鲁迅一直是敬恭桑梓，重情尚义的。他早期的一些散文、小说作品，大都描写的是家乡的人、乡土的事，都在纪实与写真的文字中，寄寓了一种恋乡怀土的情愫，以及对于童趣与乡情莫名泯失的感怀。他的纪实性短篇小说《故乡》，写到儿时一起在田地里嬉戏玩耍的小伙伴闰土，在时隔二十年后再次相见，完全没有了小时候的随意与亲昵，鲁迅见到已变成沧桑农人的闰土，兴奋地喊道："闰土哥，——你来了！"而闰土则交换着欢喜与凄凉的神情，以恭恭敬敬的态度叫道："老爷！"鲁迅感叹道："我们之间已经隔了一层可悲的厚障壁了。"由此，鲁迅进而感慨地说："我只觉得我四面有看不见的高墙，将我隔成孤身，使我非常气闷；那西瓜地上的银项圈的小英雄的影像，我本来十分清楚，现在却忽地模糊了，又使我非常的悲哀。"

在绍兴的鲁迅故里，一边参观走访，一边放飞想象。儿时的鲁迅形象，在我的脑海中，越来越清晰，越来越牢实。儿时的鲁迅喜好玩耍，成年后的鲁迅不忘童年，都是他看重童真，守护天性的体现。当人们逐渐长大，走向社会，便被一些说不清、道不明的东西所扭曲和遮蔽，这便是鲁迅所谓之悲哀和悲愤的。可以说，他在走向社会之后，日渐凸显的不留情面的文化批判，决不退缩的革命精神，显然也有源自守护本真的儿时初心，分明也包含了维护纯真的坚韧努力。

青白上虞

叶 弥

有没有去过上虞？我想来想去不能确定。年轻的时候去过浙江许多地方，随心所欲，记得街头巷尾吃的一块臭豆腐干、一杯浊米酒，不大记得地名。

9月25日来到绍兴上虞区。看来看去，觉得熟悉，不能确定来没来过。上虞区东邻宁波余姚市，西靠柯桥区，南交嵊州市，北濒钱塘江，与海宁市相望。余姚市、柯桥区、嵊州市、海宁市，我记得都去过。是不是去过上虞，浑忘了。或者只是路过，匆匆一瞥，竟遗忘在记忆之外。但上虞不怕世人相忘，据郭沫若考证，殷商甲骨文中已有"上虞"地名。"上虞"这两个字，从遥远的古代而来，如两只凤凰活成了传奇。

上虞的春晖中学坐落白马湖畔。

上虞是越窑青瓷发源地。

它们都与青和白两种色彩有关。

对了，绍兴有个"清白堂"，是范仲淹在绍兴府山为官时，疏浚的一眼废井，命名为清白井。井旁建一堂，谓之清白堂。范仲淹撰写了《清白堂记》，告诫为官者，当清白做事。理天下如同理井，不治则百废不兴，治则清流不断。

范仲淹先天下之忧而忧，后天下之乐而乐，是至清至白之人。

青白到底不是清白。但青白二色怎么看都是清清白白的。

春晖中学建在山清水秀的地方。关于白马湖，朱自清写道：据说从前有个姓周的，骑白马入湖成仙而去，所以有这个名字。……白马湖并非圆圆方方的一个湖，如你所想到的，这是曲曲折折、大大小小、许多湖的总名。湖水清极了。如你所能想的，一点不含糊的，像镜子。

镜子一样的白马湖边，住过弘一法师、丰子恺、夏丏尊、经亨颐、吴梦非……何香凝、蔡元培、叶圣陶、胡愈之、张大千、俞平伯、黄炎培都曾来此讲学或考察。

丰子恺住的地方，他取名为"小杨柳屋"。他说：昔年我住在白马湖上，看着人们在种柳，我向他们讨要了一小株，种在寓屋的墙角里。因此给这屋取名叫"小杨柳屋"。丰子恺就在这里开始画漫画，他的漫画从上虞的白马湖畔走向全国。

到春晖中学是傍晚，规模很大的一个中学，里面花木扶疏，一片青翠。学校后面的桥上，站着十几位家长，一望而知是在此等候读书的孩子。白马湖就在学校后面，湖水真如丰子恺所说的那样，清极了，像镜子。提到上虞的白马湖，人们往往说春晖白马湖。春晖中学和白马湖难分难舍。

弘一大师的晚晴山房，建在山上。十月份的秋天，山上山下自然还是到处苍翠欲滴。这晚晴山房，可能是弘一大师住处的缘故，无由地看出些劲瘦干练。房子周围和屋内陈设，也透着弘一大师式的清白纯真。苦修之人本来就带着某种清白。听说白马湖的夏夜是很别致的，有月亮的晚上，湖水清澈，月色明亮，一点一点白亮的萤火虫在树木花草中游弋，像水中的精灵小鱼儿。心思再复杂的人面对此景，也得一时澈明，抛开纷扰，得到至上宁静。

时值多年不遇的炎热秋天，即使站着不动，脸上也有薄汗。但满眼翠色，抚平了燠热带来的不适。这时，暮色带着淡白的夜雾从湖上升起，从喧嚣的城市而来，在这里掬取一片青青白白的画面，留存心中，作为心灵的滋养。

上虞，人杰地灵，上虞籍的文化巨匠中，我看过"现代园林之父"陈从周的园林著作，读过新月派诗人陈梦家的诗歌，看过谢晋导演的许多电影。这么说来，上虞并不陌生，只是一向不识庐山真面目。

到上虞，绕不开青瓷的话题。青瓷有若干别名，千峰翠色、翠青、粉青、缥瓷、艾色……说的都是它。唐代越窑，宋代官窑、汝窑、龙泉窑，都属于青瓷系统的名窑。

"九秋风露越窑开，夺得千峰翠色来。"唐代诗人陆龟蒙这么赞美青瓷。上虞一带曾是古越人的故乡，战国时属于越国管辖，唐朝时上虞称越州。所以这一带的瓷窑统称为越窑。陆羽在《茶经》里将越窑列为唐朝名窑之首。

青如玉、明如镜、声如磬。青瓷是当之无愧的瓷器之花。

青瓷中的极品"秘色瓷"，类冰类玉，妙不可言。自从1987年陕西法门寺的地宫内出土了十四件晚唐"秘色瓷"，人们才对越窑的青瓷有了真正的认识。法门寺出土的秘色瓷是供奉佛指舍利的器物，这又使得秘色瓷笼罩上一层神秘而洁净的光辉。

上虞的古窑密集遍布，从西周到宋代，共有窑址七百多处，它们像一条蜿蜒的龙一样地分布：龙山窑址、竹山窑址、猪头山脚窑址、拗花山东汉窑址群、白鹤湾窑址、田螺山窑址、凤凰山窑址、四峰山窑址、大乌贼山窑址、乌龟山窑址、杨梅山窑址……

碧绿、青绿、翠绿的釉色是成为秘色瓷的一个必要条件。这种微妙的绿让人感动不已。

来到上虞，必定会穿越时光见到西晋龙窑、三国龙窑、小仙坛窑址，这些窑址都在传递着一个信息：它们烧出的瓷与青山一样青，与绿水一样绿，与白云一样洁净，那是上虞人灵魂的结晶，用来供奉神、佛们，供奉上虞大地的山山水水。

年轻人的身上，穿着文化衫，背后印着字：我们是越窑青瓷的接班人。正在制瓷的年轻人神情专注而淡然，面前堆放着瓷胎，任凭周围人来人往，就像山边的一棵松柏屹然不动。

欣赏青瓷，心情宁静。我觉得必须要有一套欣赏青瓷的仪式，不然暴殄天物。我想象这个仪式是这样的：要有清水，要有鲜花，要有青叶，要有从头至尾吟唱的颂歌。歌颂上虞的蓝天白云、青山绿水、花鸟鱼虫……有了它们，上虞才有了不灭的信念和万物的欣欣向荣。

2021 年 10 月 19 日

白马湖的清晨

宁 肯

　　1923年3月8日下午，俞平伯动身前往白马湖。此前俞平伯接到朱自清的信，邀他到白马湖的春晖一聚，恰好前不久俞平伯刚刚辞去上海大学的教职，闲来无事，便搭乘新江天轮从上海出发，3月9日清晨到了宁波码头。一下船便赶上大雨，俞平伯叫了一辆黄包车，车夫在雨中奔跑，像雨中的马，还好是南方的雨，但俞平伯还是多给了车夫一些钱。到了火车站，俞平伯人生地不熟，两眼一抹黑，朱自清信中说在"百官车站"见，以为不太远，结果一买票吓了一跳，还挺贵，连二等票也要一元四角。雨中火车走了近三个小时到了百官站，月台出站却不见朱自清来接。下车的人本就不多，一目了然，雨还在下，待向人打听白马湖的春晖学校在哪儿竟无人知道，最后问一个街边剃头的人方知自己坐过了站，春晖学校在前一站的"驿亭站"旁。俞大惑不解，信中明明说的是百官站，

119

但为何在百官站下而不在驿亭站下呢？怎么搞的？越发觉得荒诞不经，难道佩弦说了在百官站却在驿亭站等着？不可能再坐回去，又叫了一辆黄包车回返，车费两元，比宁波到这儿火车还贵。辗转到了春晖，见了朱自清，劈头就问：你为什么要我在百官站下车？为什么不来接我？

俞平伯完全不顾朱自清身旁的一干同事，怒不可遏，朱自清却不以为意一直笑着慢慢解释。朱自清不解释还好，一解释湿漉漉的俞平伯更来气了，解释到最后朱自清竟然说其实他也是坐这趟车来的——彼时朱自清在白马湖畔的春晖中学教书，同时还在宁波省立四中兼课，事实上两人就在一趟火车上。当天晚上，也就是1923年3月9日晚上，俞平伯在日记中写道："我们两个像小孩子似吵了起来。"

"吵"过了之后朱自清还要上课，俞平伯一时无事可干要听朱的课，朱自清也没反对。铃声响过，坐在学生中，俞平伯心静下来，听得蛮认真，下了课两人携手而归。翌日晚上，白马湖烟水淡淡，黄月亮升起，俞平伯应朱自清之邀在春晖中学湖畔礼堂为中学生做了一场题为《诗的方便》的讲演：

"我今晚虽讲说诗的方便，但诗实无方便可言。"

讲演持续了一个小时，最后的总结富于哲理，洞若观火：

"诗固是生活的一部分，又是生活的一种综合表现——它是在生活中表现生活的！创作的成功每跟着个性的发达，不知不觉，一页一页地展开去，故作诗本无方便，从无方便国想个方便，是从做人下手。能做一个好好的人，享受生活的丰富，他即便不会作诗而自己就是一首诗。即便不是其价值，岂不尤胜于名为作诗的人。"

（不知现在的中学生能否听懂？）

有关这次讲演校刊《春晖》记载："彼时白马湖畔的学校大礼堂窗外风雨交作，讲演声与风雨声相应和，湖上的诗景殊乎浓极了。"

一百年后——确切说是九十八年——2021年9月26日，笔者与一干当代作家来到了浙江上虞白马村依山傍水的春晖中学。中巴车载着一行从绍兴到了上虞的郊外，下车步行走了一段湖畔的煤渣路，四周是水乡景象。需要强调一点的是，直到此时我对春晖还一无所知，此前当听说要参观一所中学，说实话，心里还颇有些不以为意。谁还不知中学啥样子，大概是某种先进吧？只是客随主便，这里的风景倒还不错罢了。然而进了学校，看到满目旧建筑我才有些晕菜，此后一系列的惊讶扑面而来，仿佛是给我们这些所谓的鲁迅文学奖获奖者猛击一掌。如本文一开始所述，朱自清老师的旧居所展示的当年两位大家吵架的情景有趣而平常，这且不说，你道"吵架"时朱自清身旁的"那帮子同事"是谁？是夏丏尊、丰子恺、李叔同、朱光潜，还有匡互生——"五四"第一个冲进天安门赵家楼的人，都是春晖中学的老师，而来此讲演的则是蔡元培、黎锦辉、陈望道、黄炎培……

这是一所怎样的学校？我是说中学？

二十世纪二十年代的春晖中学的学术气氛很浓，故居墙上显示：春晖中学的老师们都认为"日常授课只是教育方法的一种，欲竟知识全功，非兼向别方面不可"，为此一百年前的春晖中学经常定期不定期地举办专题讲座，或请校外方家名流，或由本校教师担任主讲。据载校内的夏丏尊老师讲过《道德之意义》，朱自清老师讲过《刹那》，丰子恺老师讲过《贝多芬——月光曲》，朱光潜老师讲过《无言之美》，刘薰宇老师讲《牛顿和爱因斯坦》，匡互生讲《天空现象》……1923 年 5 月蔡元培来到春晖，发表了题为《羡慕春晖的学生》讲演，开篇竟和学生以兄弟相称——

"兄弟在北京时，经校长（经亨颐——笔者注）时常和我谈起春晖中学的情形，原早想来看看。此次回到故乡，得和诸位相会，非常欢喜。"

关于那次讲演，《春晖》校刊第十三期记载："此番蔡孑民先生因扫墓回故乡绍兴，特应本校经校长之邀来到春晖，经校长致欢迎辞——蔡先生道德学问久为全国人士所景仰，此番由兄弟相约，得承蔡先生躬临赐教，诸位务当细心恭听。"

怎么说呢？我对晚清、辛亥、北洋一向没好印象，如果不是这次活动，完全不知道春晖，不知道一百年前这里的一切。

春晖是怎么回事？

就历史而言，我觉得我就像个白痴。

我这种作家有着怎样先天缺陷？

春晖中学像中学吗？但明明就是中学。1919年春晖中学由乡绅陈春澜出资二十万银圆所建，此前出资五万建了春晖小学。主楼为仰山楼，尖顶、拱廊、长方形，建筑面积一千六百平方米，从北面的象山俯瞰该楼是一个拉长的"山"字，取对知识读书"高山仰止"之意，西式建筑又是中国观念，自然，相得益彰。仰山楼对面是曲院，曲院为春晖的教师宿舍楼，由二层楼围成一院子，呈"凹"字形，三十八个大间，四个楼梯小间。还有图书馆。图书馆为一栋独立的希腊式建筑，建筑面积四百平方米，楼上是图书室，楼下是阅览室，阅览室又分内外，外可阅览报纸内可阅读杂志。漫步在春晖校园，看着"近代"的仰山楼、图书馆、曲院、一字楼，一处处故居，以及不大但对一所中学足够大的波光潋滟的白马湖，我不知自己究竟在想什么，脑子空空如也。虽说时光并未倒流但我觉得绝非在现实之中。我不想承认过去，过去又如此真切。

硬件倒也罢了——我们现在不缺硬件——主要那时一所中学竟有那么多牛人或在校任教或时来讲演，简直匪夷所思。中学教师不仅上课还要开讲座，日常上课与讲座并举，视野足够开阔，教育理念简直不知哪来的。而且不仅讲道德文章，也讲自由科学平等，甚至讲爱因斯坦。爱因斯坦二十世纪二十年代也刚出名吧？百度云：爱因斯坦1921年获诺贝尔物理学奖，1915年创立广义相对论……在春晖我觉得某些历史被打通了，文明有时并不完全依赖于所谓历史而有独立的演进方式。白马湖的春晖难道不是一种文明的清晨？有人轻点我的后背，悄声说《荷塘月色》写的是白马湖，我一点不惊讶，此时我这个白痴仿佛更深理解了朱佩弦的月色。

还是看看墙上已故的人怎么说的，或许更能还原当时：

朱自清说：

> 春晖中学在湖有最胜处，我们住过的屋也不远，是半西式。湖光山色从门里从墙头进来，到我们窗前，桌上。我们几家连接着。丏翁的家最讲究。屋里有名人字画，有古瓷，有铜佛，院子里种着花。（《白马湖》）

丰子恺说：

> 凡熟识夏先生的人，没有一人不晓得夏先生是多忧善愁的人，他看见世间的一切不快、不安、不真、不善、不美的状态，都要皱眉，叹气。有人吃醉了，甚至朋友的太太要生产了，小孩跌跤了，夏先生都要皱着眉头替他们忧愁。（《悼夏丏尊先生》）

朱光潜说：

　　大家朝夕相处宛如一家人。佩弦和丏尊、子恺都爱好

文艺，常以所作相传视。我的处女作《无言之美》，就是

在丏尊、佩弦鼓励之下写成的。（《敬悼朱佩弦先生》）

　　顺便再说一下，朱光潜英文流利，多年后有学生回忆：一进教

室，好像一个不会说中国话的英国人，全部用英语讲授。我们开始

除了"yes"，"no"什么都不懂。提问题时，叫答者"stand up"或

"sit down"也听不懂，他用手掌向上抬或手掌向下按才使我们懂

了，但很快我们就被他那套听、说、读、写结合起来的全方位的训

练方法征服了。

山阴道上行

潘向黎

在鲁迅先生诞辰140周年的日子里，欣然参加了"鲁奖作家鲁迅故乡行"活动。三十位获得鲁迅文学奖的作家，齐聚千年古城绍兴，其盛况之罕见、气氛之热烈，让人惊奇。

在绍兴，如此盛会，又是雅集，引用王羲之真是恰切。忍不住在心里把《兰亭集序》默念了一遍：

永和九年，岁在癸丑，暮春之初，会于会稽山阴之兰亭，修禊事也。群贤毕至，少长咸集。此地有崇山峻岭，茂林修竹，又有清流激湍，映带左右，引以为流觞曲水，列坐其次。虽无丝竹管弦之盛，一觞一咏，亦足以畅叙幽情。

是日也，天朗气清，惠风和畅。仰观宇宙之大，俯察品类之盛，所以游目骋怀，足以极视听之娱，信可乐也。

……

《兰亭集序》，这颗书法史、文学史、文化史上的夺目明珠，就出自绍兴。兰亭雅集，地点是"会稽山阴之兰亭"，会稽，即后来的绍兴，而兰亭，就在绍兴西南兰渚山下。

王羲之的儿子、书法成就与他并称"二王"的王献之也喜欢绍兴的山水，他说过两句评价："从山阴道上行，山川自相映发，使人应接不暇。若秋冬之际，尤难为怀。"这两句话是入了《世说新语·言语》的，可见其雅人深致。从此，"山阴道上，应接不暇"成了一个典故。

山阴，和会稽一样，说的都是绍兴。

王献之说的是自然景观，而这一回，我们在山阴道上行，觉得这里的人文风景更是应接不暇。

比如谢安，对，就是收到淝水之战捷报仍然不动声色地继续下棋的谢安，就是与王羲之一起赴兰亭盛会的谢安。至今，在绍兴处处有他的清芬遗痕——"东山高卧""东山再起"的东山，是历代游览浙东山水、抒发思古幽情的好去处，如今还成了"浙东唐诗之路"的重要驿站。

贺知章，这位唐诗人中最长寿的人，八十六岁告老还乡，写下了著名的《回乡偶书》："少小离家老大回，乡音无改鬓毛衰。儿童相见不相识，笑问客从何处来。"你道他回的是哪里？他回的便是他朝思暮想的故乡——绍兴啊！他在外为官多年，"无改"的何止是乡音，还有一片乡思和乡心。《回乡偶书》其二不如其一有名，写得也极好："离别家乡岁月多，近来人事半消磨。惟有门前镜湖水，春风不改旧时波。"镜湖，就是鉴湖，绍兴的一道明眸似的风景。唐玄宗将鉴湖赐给贺知章，所以鉴湖曾经被称作"贺监湖"。鉴湖水质特别好，绍兴老酒就是用鉴湖水酿造的。至今鉴湖水清波依旧，我们依然可以在这里见证一个游子对家乡的深厚眷恋和绍兴的人杰地灵。

唐诗之后有宋词，这就要说到陆游。

红酥手，黄滕酒，满城春色宫墙柳。东风恶，欢情薄。一怀愁绪，几年离索。错、错、错。

春如旧，人空瘦，泪痕红浥鲛绡透。桃花落，闲池阁。山盟虽在，锦书难托。莫、莫、莫！

因为这阕《钗头凤》，陆游和唐婉的爱情故事，陆游的名字，已经永远和沈园联系在一起了。几次到过绍兴名园沈园，在风荷亭亭和满园萧瑟的不同季节里，多次读过壁上的《钗头凤》，有一次竟然觉得陆游刚刚掩面离开这里，他的叹息还未散尽，以至于我离开的脚步下意识地变得小心，因为草上的露珠似乎就是他和唐婉的泪滴。

在历史文化积淀丰富的地方，总是这样，我们会有很多机会发生各种错觉，好像自己穿越进了那些书卷里的时空，故事里的一幕幕悲欢真真切切地在眼前上演。

在绍兴，想到的还有一个名字：王阳明。有一年春天，王阳明和朋友在山间游玩，朋友指着岩间花树对王阳明说："你常说天下无心外之物。可是你看这棵花树，在深山自开自落，和我的心有什么关系？"王阳明的回答极有哲理，又富诗意："你未看此花时，此花与汝心同归于寂，你来看此花时，则此花颜色一时明白起来，便知此花不在你的心外。"这番哲学论证，便发生在绍兴。

绍兴的山好，水好，连绍兴的岩石和花树都不一般。

在绍兴，还会想起明代的徐渭，许多人都知道他的《题墨葡萄诗》："半生落魄已成翁，独立书斋啸晚风。笔底明珠无处卖，闲抛闲掷野藤中。"却未必读过他的这一首诗——

兰亭次韵

（相传萧翼窃《兰亭记》，掀阅，百花一时尽开）

长堤高柳带平沙，无处春来不酒家。

野外光风偏拂马，市门残帖解开花。

新觞曲引诸溪水，旧寺岩垂几树茶。

回首永和如昨日，不堪怅望晚天霞。

　　诗的小引说的是：李世民渴慕《兰亭》，派萧翼假扮书生，从和尚辨才手中骗到王羲之真迹，萧翼途中忍不住打开了《兰亭》看了一眼，就那么一下子，居然身边的百花都开放了。贫病潦倒的徐渭所神往和感叹的，不但是神妙的艺术珍品，更是真正的艺术得到尊重和理解的年代。

　　张岱，这位明末的妙人。《陶庵梦忆》一直是我不断重读的书。在《陶庵梦忆》里，张岱对绍兴的文化艺术直到美食如数家珍：绍兴琴派、绍兴灯景、戏曲、日铸茶、破塘笋、谢橘、独山菱、河蟹、三里屯蛏、白蛤、江鱼、鲥鱼、里河鰦等。

　　他也是茶人，在绍兴至少找到了两处名泉，一处是禊泉，一处是阳和泉。阳和泉本名玉带泉，在张岱家的祖墓所在的阳和岭。《陶庵梦忆》说阳和泉"空灵不及禊而清冽过之"。而张岱在城内斑竹庵喝了那里的井水，觉得特别好，"异之"，去探看那口井，在井口发现刻有"禊泉"二字，非常像王羲之的笔迹，"益异之"。如此说来，这个"禊泉"，不仅是好泉，而且极可能在一千三百年前就被王羲之发现了的。禊泉的特点是"过颊即空，若无水可咽者"，水质，笔法，都多么空灵。

　　张岱在绍兴，曾经在"快园"隐居二十四年，并著有《快园道古》。我一时好奇，查"快园"的遗址在哪里，结果——竟然就是我们这次住的绍兴饭店。何等机缘巧合！

绍兴，我已经记不清来过多少次了。但其中的一次，我记得很清楚，2007年10月，第四届鲁迅文学奖在绍兴举行颁奖典礼。我以短篇小说《白水青菜》获得了这项文学大奖。记得在颁奖典礼上，有一个环节是把全体获奖者的书送给闰土的后人，那一刻，我仿佛看到了少年鲁迅和少年闰土并肩出现了，而在他们身后，是一片海边碧绿的沙地，上面深蓝的天空中，一轮金黄的圆月升了起来。鲁迅笔下的记忆，鲁迅心中的记忆，鲁迅记忆中闰土的记忆，我对《故乡》的记忆，我被鲁迅作品感动的记忆，我自己对故乡、对童年的记忆……许多记忆，像风中的一串风铃，轻轻撞击，发出一片细碎而好听的声音。

记得那次颁奖典礼之后，在百草园接受电视台采访。面对"用一句话说说你心目中的鲁迅先生"的要求，我说："鲁迅先生，他是水中的盐，骨中的钙，云中的光。"

因为有了水中的盐，绍兴的山水名胜添了人文的味道和回味；因为有了骨中的钙，绍兴的文化品格更具力度和强韧；因为有了云中的光，绍兴的城市形象真正流光溢彩起来。

因为鲁迅，绍兴的百草园、三味书屋、咸亨酒店世界闻名；因为鲁迅，我们在绍兴就自然而然地谈起《朝花夕拾》《野草》和《呐喊》……因为鲁迅，绍兴被重新命名了。

重新命名了自己的故乡，这是一个作家对故乡最好的回报。

在绍兴，我分明感到我们是在"山阴道上行"，那轮金黄色的圆月始终挂在天上，洒下一片清辉，那清辉是那样透彻，就像一种始终不变、无处不在的精神，又轻轻柔柔，荡气回肠，像一个表面冷峻的人内心的深情。

绍兴风物

张 楚

　　绍兴大概是除了北京之外，我去的次数最多的异乡之城了。人与城市的关系，跟人与人的关系仿若：有的念念不忘必有回响，隔三岔五便能一会，譬如杭州，譬如上海和郑州；有的念想了一辈子，却始终镜花水月两相隔，无缘得见，譬如长沙，譬如昆明和广州、拉藏和西宁，跟朋友提及从未踏足，他们脸上露出惊愕的神情，似乎我将谎言讲与他们听。

　　去的次数多了，有些物事便沉淀下来，变成时光难舍的赘生物。每每念及绍兴，先要想到的便是鲁迅故里，便是他的百草园。

　　关于鲁迅先生，小时候是不喜欢的，不喜欢的缘由跟别的孩子差不多，便是看不太懂，觉得他话里有话，言外有意，即便老师如医生解剖标本般分析文本，仍是云里雾里。当然也有喜欢的，比如《从百草园到三味书屋》，比如《故乡》和《祝福》。

《祝福》里的最末一段，读了数遍，虽嚼不烂，却本能地喜欢。多年后读到乔伊斯《死者》的结尾，惊艳不已，却觉得终究不如《祝福》。《死者》的视角是上帝的视角，雪裹卷了覆盖了一切，庞然安宁，有着巨大的虚无和空寂，仿佛能听到宇宙深处星辰爆裂后依稀的回响。而《祝福》的结尾则是平静的凝视，它谦逊中透些蔑视，隐忍中透些不安，短暂的安逸胶着着无尽的痛苦与愤懑，让人顺畅呼吸几次，便觉要窒息，而即将以为要死去时，那口气又在鞭炮声和雪花的降落声中，得以无限的残喘。这大概就是人世本来的面目吧。

还记得我读初中时，老叔读大学。他那时最喜欢的作家便是鲁迅，而我最喜欢的是三毛。我不理解他为何喜欢鲁迅，他却晓得我因何喜欢三毛。我记得他那时说，等你长大了，你就知道鲁迅有多么伟大了。一晃三十多年过去，老叔的话终归得以验证。在众多风格庞杂迥异的作家中，鲁迅先生仿若暗夜潜行者，远远将同时代的人和后来者撇在身后，他不曾回望，而追随者始终踏着他的脚印与影子。他的见解，他笔下的人物，早和他融为一体，已然让我们分辨不清是他塑造了那些灵魂，还是那些灵魂重又塑形了他。他说：惟沉默是最高的轻蔑。他说：勇者愤怒，抽刃向更强者；怯者愤怒，却抽刃向更弱者。他说：从来如此，便对么？他说：贪安稳就没有自由，要自由就要历些危险。这样无数的"他说"以及有限的阿Q、昆仲、孔乙己、闰土、祥林嫂、涓生与子君、华老栓，甚至是长妈妈、九斤老太和吴妈，让我们恐惧于他的犀利深邃，恐惧于他对国人秉性的挖掘显现与鞭笞。

每次去百草园，我都忍不住在菜畦外的石板上坐会儿。菜畦里没有覆盆子和桑葚，没有何首乌和木莲，连皂荚树也没有一棵，由于去时大多是春秋，连蜡梅的花也没有开，可闭眼之时，园子已郁郁葱葱，那个伶仃的孩子，正在墙角处与斑蝥和油蛉玩耍。

接下怕就是黄酒了。第一次到绍兴，老友唤了他的故友知交相陪，他们喝黄酒，我喝的啤酒。有个张姓朋友，性情憨厚耿直，自己灌了三瓶会稽山，酒后放浪形骸，自顾自跳起舞来，棕熊般真挚可爱，与他冷静华彩的小说颇不相宜。第二次去绍兴，碰到上海的哥们儿，他怂恿道，黄酒度数低，饮料一般，多喝些也没事。我们便喝啤酒那般痛饮起来，到底喝了多少全然不记得。当夜平安无事，翌日上午开会，十点来钟，忽觉喉头一紧，便要喷涌而出，仓皇跑到卫生间狂吐一番，落座，惊魂未定，恰轮到我发言，甫要开口，那酒又涌至咽喉，尴尬间摇头晃脑，踉跄着跑出……稍后酒劲又缠到头颅，眉眼欲裂天旋地转，简直生不如死。这才真正领略到黄酒的厉害。日后再赴绍兴，无论是会稽山还是古越龙山，是碰也不敢碰了。看来这黄酒倒如鲁迅先生的文章般，后劲奇大，只不过醉酒伤身，而先生的文章，却是提神醒心。又想起绍兴的食物，也大都偏咸，白嘴吃去，会疑心这店是盐商所开，不过若是佐酒，则滋味悠长，鲜到让人叹息。说

141

到吃食，难免念及一家唤"男眼镜"的老店。每去绍兴，友人都会带我们去他家吃夜宵。人总是众多，反正去绍兴开会的作家，都是成群结队，仿佛不如此，便是对先生的不敬。既然是夜宵，便要吃到凌晨两三点，喝到微醺处怏怏散去，意犹未尽。唯一那次没去"男眼镜"吃夜宵，是2014年春天，在酒店里跟一帮台湾作家玩游戏，玩到凌晨五六点，打着哈欠拎着行李匆匆奔往萧山机场。此次去绍兴，又是午夜时分，客人嚷嚷着去"男眼镜"，主人道，"男眼镜"关门两年了。客人惊讶惘怅，问及缘由，却是老板跑去澳门赌钱，将家业败了。众人难免唏嘘，说再也吃不到那么地道的"三臭"和糟熘虾仁了。

　　一座城，若没有水，便显得嶙峋，若没有山，便显得木讷。绍兴的好，在于城里既有山，也有水。山不太高，但因为有了不胜枚举的圣人、先贤与侠客，便灵动起来；水则是江南常见的水，小桥人家，乌篷船撑开去，水流不惊，而老妇在溪边淘米洗衣，谁家的炊烟，从窄仄的庭院里冒出。最难得的，是这座城里住着朋友。城再好，要是没有知心的人住在那里，也只是冰冷的仙境，构不成真正的念想。绍兴城里，便有三两知己。他们的性情，秉承了先人的秉性，重情义，讲真话，从不打诳语，也不虚与委蛇。这样的朋友，可能有时让你不知所措，甚至难堪，可好处也在于此，能让你反省自我的矫情与市侩，变得纯净干爽些。这样的朋友，就是所谓净友吧？

　　每次从绍兴回来，内心似乎都更沉静安生些，读书也好，写作也好，均无杂念。便想，等老了，在那里的巷子深处寻户人家租住，读读闲书，写写闲字，喝喝老酒，访访老友，也算是老有所依吧。

温故绍兴

李骏虎

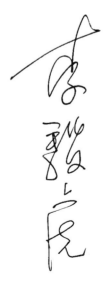

　　十年头尾两次来到绍兴，都是借鲁迅先生的名义。十年前是来领取第五届鲁迅文学奖，这次是在先生诞辰140周年之际，来参加"鲁奖作家鲁迅故乡行"采风活动。要"认识"一个地方，跟了解一个人一样，初次谋面是不会有多么深入的思考的，何况人年轻的时候最容易得意忘形，只顾着享受那份快乐，身外之物自然是入眼不入心的。十年后再来时，已然是个经历过诸多人事的中年人，白云苍狗，触景生情，心中的思想难免与额头的皱纹一样深刻了。

　　来绍兴是要去兰亭的，十年前也去了，不过那时只顾着玩，与"同科"的获奖者们身着汉服附庸风雅，体验曲水流觞的雅集与盛会。而今再来，已然"无我"，眼中所见，心里所想，都是对此地的过去与未来的遐思。兰亭之外，绍兴还有沈园；王羲之、陆游之外，绍兴还有谢灵运、贺知章，更有王阳明。如今上虞白马湖畔，

147

留有夏丏尊先生任教春晖中学时的旧居平屋，丰子恺之小杨柳屋，朱自清亦曾客居任教于此。1928年几人并经亨颐、刘质平等醵资在"春社"西侧的半山坡为弘一法师建禅居晚晴山房，法师数次光降白马湖小住，其风雅若此。绍兴之所谓"文物之邦，鱼米之乡"，与"地上文物看山西"的"文物"不同，不指器物，而应指人物，盖名士之乡，风流无际。绍兴的历史人文也好，旧事物也罢，越剧、社戏、越王台、乌篷船，一起构成传统江南水乡文化，几成标本，又绵延流长。

而绍兴又有鲁迅。余生也晚，读先生三十余年，只以为他是新文化运动的旗手，其使命就是革故鼎新，作品以当时之绍兴为旧中国的缩影，不断地竖起标靶而举枪射倒——不是吗？阿Q、祥林嫂、孔乙己、闰土……造成其不幸的根源的吃人社会和礼教文化，先生是深恨着的，同时"哀其不幸，怒其不争"，所以要呐喊。而鲁迅自己的人生遭际，自少年到青年、中年，国与家都横遭变故，对其精神的冲击和思想的形成是双重而彻底的：鸦片战争继之甲午战争，辛丑巨额赔款和清朝腐败直将中华拖入有史以来最黑暗不堪的一个世纪，人民衣不蔽体、食不果腹而精神麻木、人格奴化；偏鲁迅为官的祖父因科场舞弊而犯案，家道中落一如风雨中飘摇的清国。于是乎，自父亲一病不起，少年的鲁迅"几乎是每天，出入于质铺和药店里，""药店的柜台正和我一样高，质铺的是比我高一倍，我从一倍高的柜台外送上衣服或首饰去，在侮蔑里接了钱，再到一样高的柜台上给我久病的父亲去买药"(《呐喊》自序)。对世态炎凉的早尝和国家命运的感同身受，造就了鲁迅的奋争人格和终生奋斗的方向，他要将旧的一切埋葬在"坟"里，"烧尽一切"而孕育出"新的生命"。我以为只是这样。

这第二次来到绍兴，终于有时间去访百草园和三味书屋，一边瞻仰拍照，一边温故先生的作品，寻找他笔下描述过的物事。"光滑的石井栏"还在，"碧绿的菜畦"里爬满了南瓜的枝蔓，"短短的泥墙根"被茂密的各种野草覆盖着，——这个墙根对于一个顽童来说，的确有着"无限趣味"，我感同童年，专门拍了一张照片。三味书屋大概就是课文里描述过的那个样子，这家"城里称为最严厉的书塾"的私塾，在清末的绍兴城内颇负盛名，匾额和抱对都是清末大书法家梁同书所题，雍容灵动而有风骨，三味的含义为："读经味如稻粱，读史味如肴馔，诸子百家味如醢醯（醋、肉酱）。"——精神食粮的意思吧。陈列的物品中，除了鲁迅在课桌上刻的那个"早"字的拓片，松鹿图前的八仙桌上摆着当年私塾先生的相框，须发花白，面容清癯而高古，令人肃然起敬，看上去确如鲁迅所描述的："他是本城中极方正、质朴、博学的人。"这个先生是鲁迅散文里藤野先生之外塑造的又一个知识分子形象，用的是小说手法，极为生动："读到这里，他总是微笑起来，而且将头仰起，摇着，向后拗过去，拗过去。"这是对旧文人漫画式的批判吗？我从前以为是。我不由得又想起《故乡》里那幅图画："深蓝的天空中挂着一轮金黄的圆月，下面是海边的沙地，都种着一望无际的碧绿的西瓜……"这美好的画面是鲁迅的少年朋友佃农闰土的儿时乐园，恰如鲁迅儿时的百草园——"但那时却是我的乐园。"我突然醒悟到自己的浅薄了，鲁迅之所以为鲁迅，无论他的"哀"与"怒"，都隐藏着可以称为"爱"的浓厚的情感，他求新，而绝非完全地否定传统，他是兼容而博大的，并且不会因为曾经的束缚、屈辱、压抑、愤恨而变得刻薄和片面，于人于物莫不如此，所以他又是丰富而有趣的。

记起那年在浙江大学培训，曾研究过马一浮先生所作浙大校歌《大不自多》，有一句是"靡革匪因，靡故匪新"，意思是任何事物都需要不断革新，但革新也需要继承传统，因为旧事物往往蕴含着新意。鲁迅先生无疑是革命的，但他绝不是简单粗暴地割裂传统，他推陈出新，新在精神，所以在先生140周年诞辰之际，他仍为新时代最年轻的人们所推崇。新时代如何弘扬传统文化和鲁迅精神？绍兴的鲁迅故里步行街将绍兴古城的文化传统与鲁迅文化和谐地相融起来，文化底蕴与创新精神相辅相成，成为文旅融合发展的成功范例。温故绍兴，不难发现这座拥有两千五百年历史的古城已经被鲁迅文化所重塑，在这里你可以找到《孔乙己》里的咸亨酒店（十年前第五届鲁奖获奖者就下榻这里，很有象征意义），可以找到阿Q们戴的黑色毡帽，更可以看到《故乡》里的社戏和乌篷船，鲁迅公园和鲁迅故里更是游人的打卡地，但她同时也是国务院批复确定的中国最具有江南水乡特色的文化和生态旅游城市，是书法之乡、名士之乡、鱼米之乡，与鲁迅故乡共同构成绍兴的文化格局和精神气象。

绍兴是一座"小城"。绍兴有五百多万常住人口，比很多省会城市规模还大，但穿行在绍兴的大街小巷，还是会感觉她是一座小城，她天然地保留了小桥流水人家的江南小城韵味，看到桥下的流水，无端地耳边就会响起古琴的韵律，虽然高楼大厦林立，绍兴在现代化的高空之下，街角的小公园里、林荫中的粉墙根、店招的字里行间都留存了浓郁的历史文化，让人感到无论阳光斑斓的晴天还是细雨淅沥的雨天，这都是一座有文化的城。绍兴当然是有文化的，在知识分子稀少、人民普遍文盲的古代，"绍兴师爷"一直是输出人才的金字招牌，现在看来，那就是一种智力资源为基础的文化产业。而这项传统的"脑力"优势，在今天文旅融合的新发展格局中，同样得到了水到渠成的发扬，在别的历史文化资源丰富的省份还在探索如何把文化和旅游进行融合的时候，绍兴早已付诸了实践，取得了成就，并且可以用"水乳交融"来赞美其完美性。鲁迅先生当然是绍兴最大的文化品牌和资源，前面说过，在半个多世纪的岁月里，鲁迅和他的作品几乎重塑了一个新的绍兴，难能可贵的是，绍兴的传统文化和鲁迅文化得到了完美结合，这因于鲁迅先生的文学作品本身对绍兴风土人情的诸多描述，更有文旅部门的到位理解和恰当规划和建设。在绍兴，你可以看到以鲁迅故居和三味书屋为基点保护性开发建设的鲁迅文化一条街，也能看到以《孔乙己》站着喝酒的咸亨酒店为招牌的五星级文化酒店，还能看到只因孔乙己在咸亨酒店以茴香豆下酒而命名的绍兴咸亨食品有限公司，——绍兴对文化IP的开发和衍生真可谓达到了"教科书"级。在文旅融合发展中，绍兴能够将文化资源、旅游观光、文化产业三者完美结合。以越窑青瓷为例，上虞区建设了一座瓷源小镇，将古越窑遗址建设为文化公园，将历代青瓷珍品收藏于越窑青瓷陈列馆，与旅行社合作——旅行社每天把满载游客的观光大巴开来，人们在遗址和博物馆领略这项中华传统工艺的魅力，那翠玉般温润的色泽，古朴而精巧的器形赏心悦目，游客沉浸在青瓷文化的迷人氛围里，不去旁边的青瓷超市里带走一套传统工艺和现代设计结合的青瓷茶具，是不忍离开的，——至少，要带一个翠绿的茶杯回去，倒水喝的时候顺便欣赏一番，也是一种享受，或者就放到博古架上，也是很增加文化品位的。

我不由得想到我们山西的陶瓷文化也是历史悠久资源丰富的，孔子定《尚书》自尧始，帝尧的都城就在山西临汾市，古称平阳，而尧就是陶唐氏。在山西襄汾县陶寺遗址出土的上古陶器包含各种生活和祭祀用品。山西临汾市乡宁县储存有丰富的紫砂矿，素有"南宜兴，北乡宁"的美誉，烧制紫陶的历史可以追溯到汉代，兴于北宋，盛于明清，其矿料犹以烧制茶具为最佳。我在想，在宜兴紫砂原矿保护性禁采时，乡宁县的紫砂陶特色文化小镇可否与宜兴联手合作，共同继承传统并研发新的紫砂制作工艺和古风新意兼美的产品？乡宁的紫砂陶文化小镇更可借鉴绍兴瓷源小镇把传统工艺与旅游观光融合的办法，开发擦亮"南宜兴，北乡宁"IP名牌，将文化产业做大做强。细细想一下，绍兴在浙江的格局中并不是经济强市，对比于山西的文物资源之丰富、晋南的农耕文明之悠久，绍兴的可开发资源几无可比性，然而绍兴却将文化资源保护，开发到最大化，并且令其得到合理和谐的继承与发扬，成为以文化为积淀的产业，真正体现了贯彻新发展理念的到位并取得了成果。

当一个来自五千年农耕文明腹地的人，来到绍兴诸暨市的米果果小镇，看到其以农业观光体验而成国家4A级旅游景区，并将传统农业种植收获实操作为全省中小学生研学项目基地，因而获得"教育部实践基地品质提升计划示范单位"称号，还是"美国青少年夏令营基地"，同时获得"全国休闲农业与乡村旅游五星级企业""农业部首批农村三产融合试点企业""全国百强优秀农民田间学校"，我心里的感受是钦敬而复杂的。坐在绕行小镇一周的观光小火车上，看着人山人海的游客出入于乡村记忆馆、农业嘉年华、新鲜橘子岛、火龙果观光工厂，我心里的艳羡无以复加。我默默地用手机拍下来，发了一个微信朋友圈，马上有位山西的朋友就留言指出其中一幅图是全国"90后""00后"争相打卡的网红粉黛乱子草。身临其境地看，那就是一片面积不大的人工栽植的粉色草滩，而其承载的浪漫爱情主题却与年轻人的爱美之心和美好梦想契合，文旅融合，其中也融入了人的情感。这是创意，更是对传统文化的最美好、最贴切的理解。

温故而知新，绍兴的文化传统和创新精神与鲁迅先生一脉相承，更与新时代合韵合拍。

2021年10月16日于成都安仁古镇

绍兴，光阴如流水的地方

葛水平

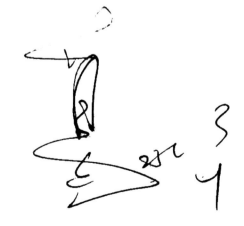

一、乌篷船内，促膝谈心

山色空蒙，斜雨如丝，绿雾红烟……绍兴雨中的乌篷船让人想起"促膝谈心"。两个人对面坐着，膝盖相抵，雨声正浓时，谈兴也浓，传达着心中的温暖，不知夜深更阑。

小桥流水人家、鲁迅的三味书屋、沈园的《钗头凤》、兰亭的曲水流觞……江南的古韵，纯粹得直击心灵，柔情似水的诗意里还有旧去的生活气息，这样的绍兴应该是一个有故事的背景。

乌篷船从小桥下走过，看到岸上的茶楼，雕花窗，细竹帘，门前夸张地高挑着一个茶幌子，门两侧是一副阴刻隶书对联，上联"坐片刻无分你我"，下联"吃一盏各自东西"。一位通体被江南的水汽濡湿的女子像一幅画依着美人榻，一柄团扇，美人的笑如雨中朦胧的雏菊，妖艳，但少风骚。

一股温甜幽远的茶香不知不觉中包围过来，直浸心脾。几扇典雅的屏风隔出几方独立的空间。一位穿丝绸旗袍、扎云髻的少女在一隅物我两忘地自顾弹奏一张古琴，曼妙的曲子在周围回环往复，或幽妙或静淡或超然，叫人顿生"不知有汉，无论魏晋"的慨叹。茶几上置放着茶盘与呈花瓶状的木雕紫檀六用。闻香杯、品茗杯、茶托、茶荷、功道杯、过滤网与一柄紫砂小壶依次簇坐茶盘之上。六用内插着茶针、茶匙、茶拨、茶夹、茶漏与养壶笔。

我张目浏览壁上的字画。有一轴《采茶图》，旁缀一首小诗："一心，二叶，山泉水，四月清明，午采茶，六两菁，七碗露，八分意，九巡盏，拾得茶馨满园香。"另一轴显见是临摹清代石涛的《西园雅集图》，旁边也有一首小诗："一啜浅饮三日夸，半入江风半入云。方信佳茗似娇娃，人间能得几回闻。"

坐在窗前看乌篷船走过，欸乃声传来，摇橹的是一位后生，和岸上的女子打着招呼，手势有几分戏台小生的婉转。轻舒兰花指的少年在越剧声中，双手执壶很专业地将沸水浇在紫砂壶上，是为"封壶"。继而掀开壶盖，手三扬三落，再一旋臂，茶具内便注满了清水，这时正好是一曲《玉蜻蜓》，大珠小珠落玉盘的声音，成为清水洒落的伴奏。然后将水缓缓倒入茶盘，是为"洁具"。少女用茶夹将闻香、品茗二杯夹放在我面前的茶托内，将茶盒内的茶经茶漏用茶拨拨入壶内，再封壶、沏茶、又倒掉，是为"洗茶"。又一次沏茶之后，我的闻香杯里斟进了七分澄澈的茶水。这看似不满却留下了三分情义，随后又将茶倒入品茗杯，再搓一搓闻香杯，香气顿时从杯口散溢出来，这就是"闻香"了。

这品茗杯里的茶应三口喝完，品茶品茶，品字不正是三口吗？

绍兴的乌篷船和岸上的茶香就品出人间的味道来了。

想起大先生《社戏》中的夜航描写："双喜拔前篙，阿发拔后篙，年幼的都陪我坐在舱中，较大的聚在船尾"，"于是架起两支橹，一支两人，一里一换"，"年幼的都陪我坐在舱中"。

我再一次想到了"促膝谈心"。对大先生来讲只有面对面才有察觉的因素，话语交错的同时，对方的眼神、表情、姿势都要泄露出秘密来。有时对方在竭力隐藏，却由于面对面而徒劳。故乡人不完美的人生，给了大先生可亲近，可感动的生活原动力，也是大先生激昂人生的源头活水。

大先生既是接受了西方文化熏陶的"五四"先驱者，又是与乡土中国有着深厚血脉联系的"地之子"。

大先生浓郁的绍兴风情小说堪称乡土中国的美丽画卷。

二、风月人间中曲水流觞

谢安要比王羲之年轻十七岁，然而因为他卓尔不群且又多才多艺，后来成了王羲之的好朋友。那时，谢安正隐居于会稽东山（今天的浙江上虞市），闲暇的日子也多。"出则渔弋山水，入则言咏属文。"性好音律，精通乐理，善诗、文章又写得好，被人称作"安石碎金"。谢安向王羲之学习书法，王羲之认为他"解书"。

"解书"有妙趣在里面。不是清风徐来，水波不兴，而是知己难觅，觅得便是惊天地泣鬼神。

2000年5月的一天，经过辗转跋涉，我终于如愿以偿，来到了它的门前。5月的景致真好，红了樱桃，绿了芭蕉。这样的季节，来到了兰亭，真乃赏心乐事。

汉代的驿马嘶鸣早已轻甩四蹄渐行渐远，曾经的一切全已遁入远天远地。昔日惨遭吴戈越剑蹂躏的幽幽兰花亦已不知所踪，杳不可寻。

一脚踏进兰亭，喧嚣与繁华便躲到了爪哇，袅袅古音缭绕，仿佛穿过悠渺的历史时空，置身在了那个"群贤毕至，少长咸集"的群体。"此地有崇山峻岭，茂林修竹，又有清流激湍，映带左右。"这是一座何等别有韵味的江南园林啊！穿过一条修竹夹道的石砌小径，就到了鹅池。数只白鹅悠然嬉戏，白毛浮绿水，红掌拨清波。

只不知它们可是晋鹅的后裔？池畔兀立的石碑上，赫然镌刻着"鹅池"两字，笔走龙蛇，铁划银钩，势如风云，尽展晋人风骨。

过鹅池，经三曲石桥，是一条小溪，溪西有一木结构的流觞亭，就是那个诞生了美丽的曲水流觞、放浪形骸的故事的所在。

暮春三月，一班文人雅士，咸集在这弯弯曲曲的溪水边，列坐放言，将盛酒的羽觞从水的上游放出，循流而下，流到谁的面前，谁就得即席赋诗，不然罚酒三觞。虽无丝竹管弦，却能畅怀吟咏，真乃赏心乐事。贤能的王羲之被众人推举为三十七首流觞诗作序，欣然记下了兰亭周围的风景之美和文友聚会的欢乐之情，同时也抒发了自己对人生好景不长、生死无常之感慨。往事已越千年，现代生活太热、太火，浮躁的现代人怕是绝难领略到他们的那份恬淡与超然了。

肃立在潺潺流淌的曲水旁，想象着当年那空前的盛况。岸上虬曲的古藤似秋千飘荡着往昔的诗情；水边垂柳婆娑，摇曳着曾经有过的风韵。一草一木一石一涓细流，无处不洋溢着东方文化的意蕴；清风流云、雨丝风片到处都彰显出汉文化的智慧和儒雅。兰亭真是文化的圣地，叫人情意缱绻，踯躅流连。这鹅池、流觞亭、右军祠、御碑亭，还有小兰亭，无论你取何种去向都会感到是在一段历史中勾留。

兰渚山连同兰亭，真的已一并隐没到了暮色苍茫之中了吗？

这个季节的上虞市景致真好，该绿的绿了，该红的红了，这样的季节，来到兰亭，有了人生之秋的收获。

三、悲欣交集，读之心泪潸然

古人云："勿以善小而不为，勿以恶小而为之。"

点滴善行汇聚一起，这个世界会更加亲切，人与人之间将更加亲近；些小残忍扩大开来，难保不会驾着飞机去撞击双子星大楼而不惜伤及无辜平民。只有对天地万物长留一份敬畏之心，世界才会永久地充满生机，我们才会处处感受到生命的高贵与美丽。

在上虞的春晖中学见到弘一法师，他的修行之地。人世间走过的路都是修行之地，人世间更多的修行是嚷嚷，而少了寂寂。

花丛中比翼的粉蝶，翠柳梢啭啼的黄鹂，漠野中奔驰的藏羚，汪洋中追逐的蓝鲸，等等等等，无一不彰显出生命世界的无穷底蕴，无一不让我们体验到大自然鸢飞鱼跃、道无不在的顿悟与喜悦。

素日，世人多有讥讽出家人"扫地怕伤蝼蚁命，爱惜飞蛾纱罩灯"之操行的，但暗夜扪心，我们不应该从这里悟出点什么？禅宗对生命的敬畏足以让滚滚红尘中的诸公汗颜，他们用理性的智慧独到地诠释了对生命的理解。

前些时，看过弘一法师的传记，有一个细节，总是难于忘怀。法师圆寂前叮嘱他的弟子，遗体装龛时，在龛的四个脚下各垫一个水碗，以免虫蚁等爬上遗体后在火化时被无辜烧死。

法师对生命深切的怜悯、敬畏，让我们钦佩之余打心底里折服啊！

厚德载物啊，对天地万物长留一份敬畏之心吧！假若这个世界上只剩了人，而再没有任何其他生命时，我想纵然是再胆大的人，也会惶惶不可终日。

人只有自觉地高水准创造与生物与自然与环境的和谐，也才能在这个过程中进一步净化与提升人类更加高尚的心灵，从而更深层次地优化、美化这个赖以生存的星球。但愿这个世界上再也看不到活灵灵的猴子被关进囚笼，然后被活灵灵的人活活揭开天灵盖，不顾猴子别无他求只求给个痛快的惨相，转动灵活之手，一勺一勺地取食猴脑；但愿这个世界上再也看不到活生生的羔羊被四根立柱绑住四条腿，褪光了毛，任食客一刀一刀地片割下血淋淋的肉，伴着咩咩哀叫，仗着醺醺烈酒，扔进涮锅，再送进血盆之口；但愿这个世界上再也看不到糖醋活鱼；但愿这个世界上再也看不到蹦虾醉吃；但愿这个世界上再也看不到当着一群活鸡恐怖地宰杀一只无助的同类……

风从海上刮来，夹杂着咸腥。

双手拜谢，眼前圆寂前弘一法师的涅槃像让我心动。

王羲之的书作，李商隐说："不因醉本兰亭在，兼忘当年旧永和。"

163

"悲欣交集。"

"世界上本没有路，走的人多了也便成了路。"

绍兴，走过的人生都演绎出了人生光芒，他们照亮了后来者的岁月。

从百草园到题扇桥

陆颖墨

2018年初，母亲病重，我请假在医院侍奉汤药两个多月。到春暖，母亲的病情见好，我就回京上班了。之后的半年中，我知道母亲身体越来越好，能在小区走动了，有时还去个公园。

根据北京一位名医的建议，我跟父亲商量，能否让她去更远的地方，看看走走。父亲说，母亲不愿意走太远，他本人也担心行程远了，母亲身体吃不消。那位名医一直关注着母亲的健康，跟我说老人现在是心力不足，更要出去走走。

等到国庆节我回去，陪着母亲走了几圈，觉得名医的建议有道理，当面向二老提出出去走走。母亲面有难色，父亲也很为难。我说，我上次去绍兴领奖，没有来得及好好看看，一直是个心病。那次领奖住的酒店，紧挨着鲁迅故居，看看百草园，走不了几步路。而且，那城里的不少景点也不用走，可以坐黄包车，还可以坐船，不用担心谁会累着。

母亲见我急切恳求的口气，便动了心。父亲马上表明态度，说"好"。我知道，母亲是不想让我太失望，而父亲突然下定决心，是因为我说了鲁迅。父亲写作大半辈子，一直追随着鲁迅。不久前出版的一部长篇小说《刘炳和正传》，更是旗帜鲜明。这本书的名字我曾劝他改一改，不要太像《阿Q正传》，他坚决不同意。

说走就走，我和妹妹陪着父母从常州直奔绍兴。真没想到，三个多小时就到了，住进咸亨酒店。看到酒店庭园中的池塘、小桥、小船，父亲说，一进门就闻到了鲁迅《故乡》的味道。

跟父母走进楼上为他们选定的客房，推开阳台门，他们马上看到一片白墙青瓦。我说：鲁迅故居就在那儿。

"这么近?!"两位老人似乎不大相信，马上说，"就在眼皮下，那现在就去看看。"

我说先吃午饭，休息一会儿再去。

父亲看母亲，母亲说："车上坐这么长时间，腿要动一动了。刚好别人都要吃饭了，人少，不用挤。"于是，我们很快就走出酒店，走进了著名的三味书屋和百草园。

看了半个多小时后，我们想返回咸亨酒店吃午饭。突然母亲落在了后面，我们以为她走不动了，没想到她走到了路边一个小摊点。我们马上回过去，原来她正兴致勃勃看摊主在平底锅上摊芝麻面饼。摊完一块，母亲说再摊一块，摊主又开始和面，前后一共摊了四块。母亲全买下来了，说："这个中午当饭吃，不挺好吗？"我咬了一口连说好吃。

母亲兴奋地说："我已经学会了，以后你们想吃我随时可以做了。"说着又走到另一个摊头，原来摊主正在调馅。看成品是在卖霉干菜馅饼，母亲又让现做了四个。我们吃得还是很香，母亲说又学了一招。

就这样看一路吃一路，我们肚子都快发胀了，当然母亲的兴致也很高了。到酒店门口一看时间，我们出来已快两个小时了。父亲觉得很惊奇，悄悄对我说，之前让她到外面走路，从来不敢超过半小时。

走进大堂，和我联系的经理连忙问我，订好的餐为何不回来吃，电话也没接。我带着歉意说了原委。经理笑着说，要看小吃，还有个地方你们一定要去，就在直街。

有他这句话，我们午休之后，分乘两辆黄包车，直奔直街。

一下车，父亲说还真是一条老街。顺着母亲的兴趣，我们一个店一个店地逐个看过去。当然，不仅仅是小吃了，许多传统的工艺也在这里展示。母亲不时对我说，这个你小时候见过吧！我频频点头，恍惚中，回到了小时候母亲牵着我在街上逛集市的情景。当然，那时她最关心的是不让我走丢，但我也确实走丢过一次。

走进一家铜器店，看师傅正在做铜壶，父亲一下睁大眼睛，神情有些激动。我知道，这手艺我爷爷也做过。爷爷早年是银匠，后来银器活没有了，爷爷几近失业。奶奶和同行都劝他改做铜匠，爷爷一直不肯，说银匠去做铜匠，倒缩了。后来，为生计终究还是做了铜匠。父亲和我说此事时，曾动情地说爷爷终于把孔乙己的长衫脱下了。

不知不觉，走到一个码头边，原来是乌篷船。呵，店铺后面是一条河。这船就是让游客乘坐观河景的。我们几个租了一条船，顺着河岸听着橹声欸乃，重新在水上打量着这条老街。由于河不宽，经常与对面的船交会，我们的船不停地摇晃。妹妹说有些晕船，让船速慢下来。我开玩笑，这一慢下来，虽不晕了，倒像个摇篮。

我刚说完，坐在对面的父母相视一笑，同时笑出声来。我和妹妹都莫名其妙。母亲说我还在襁褓的时候，父亲陪她从小镇回娘家，要坐船一整天，在船上父母轮流抱着我。母亲还说，我小时候在摇篮里不哭，到船上也不哭。说这话时，船正穿过一个桥洞。我看着晚霞下金光闪闪的河水有些感慨。其时，我刚过五十五岁生日，五十多年前的场景仿佛就在昨天。而面前的父母，仿佛也才二十多岁。

我忽然想起，小时候每次坐船到母亲老家去，总会看到一个高高的石桥，过桥洞就到站了。高桥旁边还有个小一点的石桥，和周庄的双桥很相像，但规模要大得多。我记得，小时候这两座桥是孩子们的乐园，都喜欢爬上桥去跳水。但是，这两座桥都在二十多年前拆除了。我在北京听到这两座桥拆除的消息时，心中一下空了许多，非常难受。

我感慨地对母亲说，那时候过了桥洞就是外婆家。母亲说，外婆家的桥比这里的桥大多了。这时船家开口了，要说大桥走过一条街就有。我问是什么桥，他说就是当年王羲之为卖折扇的老婆婆题字的那座桥，叫题扇桥。

大家一下子来了兴致，找个码头靠岸，去寻找那座桥。到了桥边，我和父亲很兴奋。因为父亲擅书法，南京王安石故居"半山亭"三个字就是他题写的。母亲更是高兴，连说真像真像。但我知道，这桥没有她老家的桥那么高大。看着母亲兴致勃勃，要拾级而上。父亲连忙说天暗了，不要爬那么高。我也说台阶有点滑，就不要上了。母亲笑着说，老家的桥没有了，在这找到一个，你们还不让我上！于是，我们一起迈上了台阶。

在桥上站了许久，微风拂面很爽人。一轮月亮上来了，面前的河里也有一轮月亮。我想，每条河里都有一轮月亮。而面前河里的这轮月亮无疑是幸福的，她与这座老桥相伴千年，如今还能依然相伴。

后来两天，我们又看了贺知章和徐渭的故居，也去了兰亭、东湖、柯岩。我们陪母亲走了许多路，爬了许多桥。听着母亲的脚步声，我觉得她的心力上来了。

自此，我们一家对绍兴也有着别样的迷恋。

从三味书屋到春晖中学

刘大先

只要是受过初等教育的当代中国人，几乎没有不知道鲁迅的，而知道鲁迅的也几乎都读过《从百草园到三味书屋》和《故乡》。1919年鲁迅回故乡绍兴搬家，后来写出了著名的《故乡》，成为现代乡土文学的滥觞。记忆里诗化的原乡与现实中破败的家乡形成激烈的碰撞，让归乡者黯然神伤，在离去时想象一个未来理想的故乡：这已经沉淀为一个现代中国人稳固的情感结构，直至当下，依然如此。

我也正是基于此，认识了绍兴，认识了鲁迅少年时代生活过的地方。但我从未到过绍兴，数次机缘都因为种种不凑巧而错过。在《故乡》发表整整一百年以后，我终于来到了这里，放眼山水与城市，却完全没有当年鲁迅感受到的那种萧索破败。一百年间天翻地覆，绍兴依然山明水秀，却在乌篷船、青瓜蔓、密布的溪水山间崛起了无数楼群、高速公路和工商科技企业。

但是，鲁迅的《故乡》是不朽的，经过他的书写，绍兴不再只是一个地理空间，也是一个文化场域；不仅仅是鲁迅、蔡元培、秋瑾、王阳明、贺知章、王羲之的故籍，更是一切现代人、所有感受到田园牧歌共同体遭遇现代性变革的流散者的故乡。而鲁迅却从来没有留恋与沉溺在怀旧的、温情脉脉的退行性乡愁之中，他有大魄力、有锐利的眼、有开阔的胸襟，向往着"新的生活"，并为此踏路前行。今日所见，见证了先贤的理想、努力、奋斗之真实不虚："走的人多了，也便成了路。"

从百草园到三味书屋的鲁迅故里，如今连缀成一个完整的景区，建筑与道路修葺整饬，河流与桥梁翻新如旧，艳阳高照下，游人如织。这是一个全新的文化创意产业区了。百草园中"碧绿的菜畦，光滑的石井栏"还在，但"高大的皂荚树，紫红的桑葚"却已经换成了几株楝树，菜畦上攀满了南瓜的藤蔓，快要到了收获的季节。可能还有蝉鸣，但我没有听到，也许被鼎沸的人声掩盖了。

穿过新盖的"越青堂"出门，道路依然，两边是热热闹闹的商店，不多久跨过一道石拱桥，就是三味书屋了。这个老私塾并无多少可观之处，无外乎课桌照片之类，有意思的是后门外壁上题了一首四言诗："栽花一年，看花十日。珠璧春光，岂容轻失？彼伯兴师，煞景太烈。愿上绿章，飙霖屏绝。"落款是寿云巢——鲁迅当年启蒙老师寿镜吾的父亲。这首诗是为旁边栽种的蜡梅写的，但格局颇大，气度不凡，既有珍惜时间的勉励，又有呵护学子的爱心。我记住了这首诗，但对建筑与景物倒没有太大感触，如果没有鲁迅的文字，它们就是普普通通的过去事物而已，可见文学还是有力量的。它是一种文化的魂魄。

绍兴的文化实在是丰富，我下榻的绍兴饭店建筑群中就夹杂着历史学家范文澜的故居。范文澜是范仲淹后裔，所以中堂书"清白堂"三个字，正是范仲淹当年贬任越州知府时所立。范家后世以责己恕人、先忧后乐为家风，绍兴人文积淀可见一斑。中午我进去参观时，居然一个游客也没有，大体是因为周围的名人故居实在太多，名头比范文澜大的也所在多有。此地在宋以后名家辈出，近现代以来更是风流荟萃，不胜枚举，究其实，经世致用是表与用，重视文教是根与本。

下午去上虞区的凤凰山考古遗址游览，青瓷龙窑可以追溯到东汉，果然无愧于"瓷之源"的名号。但令我印象最深的却是小越横山白马湖畔的春晖中学校。此校前身是1908年本地乡贤陈春澜创办的春晖学堂，新文化运动兴起后，1919年，他又委托王佐、经亨颐续办中学，1922年招生开校。我在校史介绍中看到许多熟悉的名字：夏丏尊、丰子恺、匡互生、朱自清、朱光潜、弘一法师、胡愈之……这些一时俊彦都曾在此任教、求学或居留。在这样一个偏僻山乡的私立中学能汇聚如此之多的高人贤达，实在令人讶异。我当时心里起的第一个念头是：如果谁要是做一个论文讨论"春晖中学与中国美育"就是一个很好的选题，因为以前读文艺理论研究生的时候，朱光潜、朱自清和丰子恺，从理论到文学到音乐、美术，都是绕不过去的人物。当然，旋即我就开始暗笑自己的职业病，可能早有人做过类似的研究，事实上前面这几位先生自己也曾做过白马湖相关的散文和诗歌。

现在的春晖中学在原址上扩建，有五百亩，早年的仰山楼、曲院、图书馆、矩堂都悉数保留使用。这些老建筑最有特色的地方在于它们都通过游廊连缀在一起，典雅而方便，让人不由想起欧美那些百年老校的楼宇。校园位于湖中洲上，绿水环绕，有石拱桥通往后山麓，那里曾经是教职员工的宿舍。校园里也有一方硕大的池塘，荷叶田田，晚风吹拂，绿树婆娑，真是羡慕这样的好环境。我与学生聊天，知道这个学校现在总共有一千八百多学生，每年光北大清华就能考取八九个，仅从通行的升学率世俗眼光看，也确实无愧为名校。

从春晖中学出来，绕道白马湖对面去一个农家院吃晚饭。走一条田间小径，一边是湖水，荡漾的碧波上停歇着归泊的渔船，远处灯影下是影影绰绰的苍山；另一边则是山脚的稻田，稻穗甸甸，可能是晚稻，也快到收割的季节了。路灯下的小道显得静谧安详，柚子树披展着茂密的枝叶，我忽然闻到一阵熟悉的味道，那是少时在家乡田野中时常闻到的气味：焚烧野草的味道，瞬间就激起了一种乡愁。

但是，我的乡愁其实也和鲁迅差不多的，没有多少留恋的意味，只是感慨此地生态环境的良好，城乡之间并没有形成鸿沟般的隔阂与差异。整个绍兴尽管文化资源丰厚，但主要的支柱产业是纺织、印染等轻工业，乡土中国向城镇中国最早的转型也正是起源于东南沿海这一片，只不过绍兴的文教盛名遮蔽了这一点而已。

从三味书屋到春晖中学，实际上是"老中国"迈向现代中国，在教育上的缩影。由鲁迅那里就开始逐渐走出了之乎者也，走向了现代美育、数学与科技，才有了今日我所见的绍兴全新的风貌，也才有可能在重新回味《故乡》时泛起别样的乡愁。

离开绍兴去机场的路上，偶尔看到一个船桨与帆抽象组合的巨大雕塑，查了一下，原来这就是绍兴的城雕"启航"。这个意象非常棒，乌篷船的元素含蕴了绍兴舟船承载的历史，而其恢宏刚劲的气势则显示着这座城市想象与实践的魄力。

所有人的故乡

朱 辉

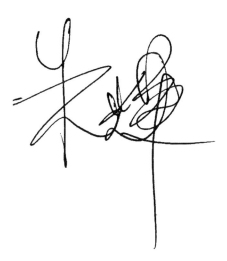

绍兴是鲁迅先生的故乡，他在这里生活到十七岁。那时他还是周树人。

绍兴的"鲁迅故里"我去过好几次了。一座典型的江南小康民宅，粉墙黛瓦，重门叠户。百草园和三味书屋，我们早已在课文上见过；还有厨房和佣人房。我恍惚看见"生得黄胖而矮"的"长妈妈"在里面忙碌。她是鲁迅作品中，少有的慈爱温暖的妇女形象。

鲁迅对故乡的感情十分沉重。绍兴地属江南，虽非通都大邑，却也不是穷乡僻壤，鲁迅的家庭还算是个官宦之家，书香门第，但他在《呐喊·自序》中感叹："有谁从小康人家而坠入困顿的么，我以为在这途路中，大概可以看见世人的真面目。"《呐喊》是他的第一本小说集，惜墨如金的鲁迅在《自序》中对童年生活的回忆是这样的："我有四年多，曾经常常，——几乎是每天，出入于质铺和药店里，年纪可是忘却了，总之是药店的柜台正和我一样高，质铺的是比我高一倍，我从一倍高的柜台外送上衣服或首饰去，在侮蔑里接了钱，再到一样高的柜台上给我久病的父亲去买药。回家之后，又须忙别的事了，因为开方的医生是最有名的，以此所用的药引也奇特：冬天的芦根，经霜三年的甘蔗，蟋蟀要原对的，结子的平地木，……多不是容易办到的东西。然而我的父亲终于日重一日的亡故了。"父亲的病故和家族的败落，给鲁迅的童年回忆打上了寂寞和孤愤的底子，这成了他一生的精神底色。

他的许多作品都涉及故乡。《从百草园到三味书屋》《社戏》《风波》《药》《孔乙己》《阿Q正传》《祝福》等等，我们小时候都读过；还有一篇《故乡》，其中的重要段落，老师要求我们背诵。我们最感兴趣的是那一匹猹，金色的圆月下，"那猹却将身一扭，反从他的胯下逃走了"，好厉害；还有一个杨二嫂，豆腐西施、圆规，是我们给同伴取外号的模板，我们那时还读不出"豆腐西施"是街坊叫的，"圆规"却是已在南京上过几何课的鲁迅取的。即便老师从"阶级""礼教"的角度提醒我们，我们也没有从闰土的那声"老爷"里，感觉到多大的震撼。我们对小说里的"胡叉"更有兴趣，下课后还在争论：这胡叉，是不是就类似于我们这里的"鱼叉"？

《故乡》有点像现在的短视频，"我冒了严寒，回到相隔二千余里，别了二十余年的故乡去。时候既然是深冬；渐近故乡时，天气又阴晦了，冷风吹进船舱中，呜呜的响，从篷隙向外一望，苍黄的天底下，远近横着几个萧索的荒村，没有一些活气。我的心禁不住悲凉起来了"。鲁迅劈头就把调子定了，沉郁，悲凉，只是那时我们还不懂得。

似乎每一个人都有故乡，其实不是的。只有离开了，成了游子，故乡才成立，它在远方，并不在乎你回去还是不回去。重返故乡的鲁迅，其时已游历了南京、东京、北京……他已写出了《狂人日记》，开头也有月亮："今天晚上，很好的月光。我不见他，已是三十多年；今天见了，精神分外爽快。才知道以前的三十多年，全是发昏；然而须十分小心。不然，那赵家的狗，何以看我两眼呢？我怕得有理。"这是怪异、阴森的月亮，与《故乡》中的那一轮金色的圆月，是两个世界。碧绿西瓜田上的那金色圆月，只存在于鲁迅的回忆之中，美得简直像虚假的梦境。

对一个风霜漂泊的人来说，故乡通常美好而温暖。许多作家怀念故乡，赞美故乡，他们有意无意地忽略那些刺痛和疤痕。我们可以把这理解成存心良善和顺应人意，是一种知情识趣的乖巧，可这难道不是一种流俗？

鲁迅他不这样。他是巨人。绝大多数人小于故乡，至少他们表现出的温暖怀旧已把他们完全覆盖，而鲁迅却是个大于故乡的人。在面对故乡时，他表现出了超越常人的坦诚和无畏，而没有丝毫的奴颜和媚骨。真的猛士，敢于直面惨淡的人生，敢于正视淋漓的鲜血。他不戴假面，也不给故乡化妆。他终身敏感甚至有些易激，但他必然也确实是很多作家的精神导师。诚挚是伟大的前提。

2021年，是鲁迅诞辰140周年，同时是《故乡》发表100周年。鲁迅四十岁时写出了《故乡》。这是可以反复重读的小说，六千多字，常读常新。据说闰土的原型本名"运水"，他的儿子叫"启生"；鲁迅让他叫闰土，他的儿子叫"水生"，为什么这么改，值得琢磨。小说中闰土并不是单一人物，除了少年闰土和恭敬地叫出一声"老爷"的闰土，他还有一个眼睛周围肿得通红的父亲，还有一个躲躲闪闪羞于见人"正是一个廿年前的闰土"的儿子水生。三代人，连成一线，穿透了小说的物理时间，绵长而令人绝望。

痛之切，是因为爱之深。路在哪里？《故乡》的最后近乎突兀地说："我想：希望是本无所谓有，无所谓无的。这正如地上的路；其实地上本没有路，走的人多了，也便成了路。"我以前的理解，是路和希望都在远方，所以必须远游漂泊，但当下再看，我倒略有些乐观起来。所有人的故乡都有希望。绍兴的大地上，显然有向前的路在延伸。

会稽之地，崇文善贾。鲁迅的性格里，除了天赋异禀的敏感，显然也有越人的勤勉和坚韧。治水的大禹与绍兴有不解之缘，鲁迅的《故事新编》里，就有一篇《理水》，写的就是大禹。群言汹汹，众口铄金，大禹依然创造了伟业。"我们自古以来，就有埋头苦干的人……"确实如此，今天的绍兴人踏实奋进，举目可见繁荣的街景和欢悦的笑脸。浙东古运河作为京杭大运河的起始段之一，在绍兴人的精心治理下，也焕发了生机，碧水如带，美不胜收，已成为绍兴名闻遐迩的另一张名片。这正应了鲁迅的希望：走的人多了，也便成了路。

从百草园到仰山楼

黄咏梅

　　绍兴来了多少次，已经不太记得清了，但可以确定的是，每一次来都与鲁迅先生有关。鲁迅故里入口处那堵黑白墙下，我站在鲁迅先生手举的那根烟下方，有各种季节着装的留影，时光也像墙上那几缕飘散的烟雾，被定格在照片中。

　　印象最深的一次，是带朋友和她的儿子同来。朋友说，儿子正处于叛逆期，厌学，带他来看看那张全中国最著名的书桌。冬天，不是什么旅游旺季，即将下雪的天色，阴沉，如同那少年闷闷不乐的脸。朋友拉着儿子，尽量凑近三味书屋里那张书桌，努力振奋起表情。一百多年前，少年鲁迅刻下以励志的那个"早"字，看起来也没能引起那少年的共鸣。踏进百草园的时候，少年不自觉轻轻发出了一声"啊"，上扬的第二声调。原来如此。少年一直在心里默默印证着课文所写，只是出于那个年龄某种莫名的别扭，不愿与他人交流。我猜他一定在想，《从百草园到三味书屋》里有唱歌的油蛉，弹琴的蟋蟀，会放屁的斑蝥……可是，这里什么都没有，就是一个野草萧疏的园子。我在心里暗暗偷笑，那感觉就像是看到少年鲁迅多次弄坏园子里的泥墙，却拔不出一根传说中人形的何首乌。这是一次效果不太理想的研学游。结束之后，我们在入口的那面墙下拍了张合影。我拍拍少年的肩膀，很套路地问，长大了想做什么。少年含糊地给我三个字"不知道"。跟全天下父母一样望子成龙的母亲，事后沮丧地跟我说，"不知道"就是儿子的口头禅，恨不得打开他的脑袋看看里边装着啥。我只好安慰她："人家鲁迅先生都写了，'所谓不知道者，乃是不愿意说'而已。"这番话，鲁迅先生指的是渊博者如老师寿镜吾，朋友真不知道也好，少年不愿意说也罢，时光终究流逝，少年终究长大。几年之后，听说少年念了大学，自主性很强地挑了个极冷门的专业。每每听朋友说起，都会发出一阵幸运的感叹，说她儿子是多么多么的运气好，高中时遇到了一位好老师，就像对儿子施了某种魔术，竟然使儿子开窍了，找到了努力的目标。

参观鲁迅先生故里，我最爱百草园。没有太多的人工装饰，任油菜花时开时败，并不会因为节令而换上些珍奇花卉，叫不出名字的野草也稀松平常，很是贴近鲁迅童年记忆里的菜园子。走进园子，我总会生出一些轻松和愉快。想象着中年鲁迅，虽身处一个恶时代，以笔墨化为匕首投枪，反抗、挣扎、呐喊，在直面惨淡人生的间隙，转头，遥望童年旧时光，却还会存着纯真、有趣、美好的情感。即令童年生活其实也不过如这百草园般寂寥、匮乏，在记忆里都是趣味盎然的。

2021年9月25日，我参加《小说选刊》杂志和绍兴市人民政府一起举办的"纪念鲁迅先生诞辰140周年"活动。跟着大部队，又走访一遍鲁迅故里。在这个隆重的日子，来纪念鲁迅先生的人很多，百草园却依旧，没有花团锦簇，也没有张灯结彩，一如记忆中的安静。绿色的油菜在中央铺排着长，野草在两侧贴着墙根长，矮墙上生出几棵爬山虎，探头探脑伺机攀上墙看外面的世界。百草园从鲁迅先生的文章里消失了，成为我个人记忆中的百草园，这么想来，每一个人的童年里都是有一个"百草园"的，那里边充满着温暖和感伤。假以时日，当年那个说什么都"不知道"的闷闷不乐少年，人到中年，回想那次绍兴之旅，定也会有些许片段，使他在与他人回忆时百感交集。

从百草园出来，主办方还安排去上虞参观春晖中学。白马湖畔，象山脚下，有着百年校史的春晖中学，培养了一茬又一茬的杰出人才。乡绅陈春澜，乡贤王佐、经亨颐以及一大批民国名师，从二十世纪二十年代开始，为孩子们于时代的辗转中在白马湖畔摆放下一张安静的书桌。

春晖中学在白马湖环抱中，建筑保留着二十世纪的瑞典建筑风格，楼宇皆不高，古朴、端庄。仰山楼、一字楼、西雨楼、曲院、二字房及中国式的回廊，如果不是校园中有往来身着校服的学生，会让人误以为走进了一座幽静的古典园林。教学主楼名为"仰山楼"，从形状看，楼像一座仰面朝天的"山"，而其意，则取自矗立于校园内那两块石碑上的字句：高山仰止，景行行止。根据记载，夏丏尊、朱自清、朱光潜、丰子恺等人曾在这里执教，弘一法师、蔡元培、黄宾虹、张大千等人曾在这里讲学。这些名师确是现代中国的一座座高山，一代代莘莘学子在此仰望，攀登，以期从这里走向广阔的天地。春晖中学从办学初，一直推行教育革新。正是在这里，夏丏尊第一次将意大利作家艾德蒙多·德·亚米契斯《爱的教育》译介入中国，并被奉行为一种新的教育观念。夏先生认为"书中叙述亲子之爱，师生之情，朋友之谊，乡国之感，社会之同情，都已近于理想的世界，虽是幻影，使人读了觉得理想世界的情味，以为世间要如此才好。于是不觉就感激、就流泪。特别地应介绍给与儿童有直接关系的父母教师们，叫大家流些惭愧或感激之泪"。理想世界不是纸上的蓝图，而是靠一代一代人去构筑，是面向未来的所有信念。

我久久地站在仰山楼前，看春风满面的少男少女与我擦肩而过，心里涌起一些幸福感。不知从哪间教室传来了一阵琴声，有学生在唱："慈母手中线，游子身上衣。临行密密缝，意恐迟迟归。谁言寸草心，报得三春晖。"我知道，这是丰子恺先生在此任教期间，以孟郊诗为词谱写的春晖校歌。词深情，曲绵长，回荡在暮色

中的校园里，使人跟着歌声驻足沉吟，更使人思绪起伏于时代的流

转中。从三味书屋到仰山楼，从百草园到今天的春晖校园，任时光

推移，任征程坎坷，人们始终面向未来，正因如此，那些成长过程

中的尴尬和迷惘最终都得到了应答。

青瓷、丝绸，以及大先生

弋 舟

"九秋风露越窑开，夺得千峰翠色来。"

——说的便是越地青瓷。

昔日盛景当然早不得见，好在于今有了斥资亿元的遗址公园。也正是秋风飒然的日子，千峰翠色掩映之下，如龙似蛇的千年窑址顺着山势就坡逶迤，便也令人宛如接续上了千年的时光。

瓷器之于中国的意义与价值，是不用多说了的。那么，眼前这名为"龙窑"的遗迹，在东汉时烧出了中国最早的瓷器，因此成了那个重要意义与价值的发端，这一点，还需多说吗？似乎是无须多言了。但我还是禁不住在内心里发问，妄想着得到一个语调低缓的回答。

一百多年前，那位语调低缓者，就到过这遗迹吗？沿山攀登，他俯身捡起过被雨水冲刷后裸露出来的碎瓷吗？捡起后，他摩挲过瓷片历经千年风霜却依然葆有锐度的边缘吗？摩挲后，他是否更感到了"当我沉默着的时候，我觉得充实；我将开口，同时感到空虚"。

那么，还是无须多说了吧。

不能说、无须说、说不好的事物，就交给"干"吧。于是，便有了这斥资过亿的公园；于是，便有了这名曰"越青堂"的现代企业。

企业是现代的，老板虽不能说是古典的，却也是"文学"的——他写诗，是位诗人，越地文风之盛，于此也可见一斑。陈列馆的展品委实好看，而我还是想要给出一些建议：何不用青瓷烧出那"沉默方觉充实者"的塑像呢？他被铜、被铁、被木头乃至水泥广泛地塑造着；我也收藏着他的瓷塑，但要么纯白，要么渲染了"现实主义"的黑眉红唇、两指间夹着的烟卷都栩栩如生。难道，以这故乡的青瓷来塑造他，不是一个更好的选项吗？

他应当便是"青色"的吧？至少，烧制为瓷，他断乎不该是唐三彩那般的；尽管他决意"走异路，逃异地，去寻求别样的人们"，但是至少，他不会否认自己就是用会稽山麓、曹娥江畔的泥土所抟造的吧？

但我终究还是闭住了嘴，一如他的教诲——"我将开口，同时感到空虚。"一路便是这般沉默而充实地观摩着，直到遇见了丝绸。

"缭绫缭绫何所似？不似罗绡与纨绮……"

——说的便是越地丝绸。

同样，丝绸之于中国的意义与价值，亦是不用多说了的。连番的"不用多说"，令我这居于北地、习惯以"农耕文明发源地"眼光打量四方的浅见之人，不禁汗颜。原来，文明是文明构成的所有单元之和，任何狭隘的自傲，都不足取。就好比，这新嵊交界处的著名丝绸企业，却冠名为"达利"。企业已经做到了工业园的规模，拥有二十一世纪国际最先进的设备，是全国最大的高档真丝绸面料生产基地，一言以蔽之——它是面向着世界的。

面向世界，这织锦的企业，便没有狭隘地给自己取了一个名字叫"百草园"吧？当然，这也纯属我走神时的妄念。甚而，我还妄想着——捡一枚青瓷的残片，以其难以被泥土剥夺的碴口，在这花团锦簇的绸缎之上轻轻地划过……

不，我绝不是想要恶意地损坏美好的事物，反而，我还购买了漂亮轻柔的丝巾。心生妄念，我不过只是想要略略地尝试、体味那种怒目金刚般的"不惮以"，不过只是，想要幻听到裂帛之声，犹如于无声处，骇然得闻——我将大笑，我将歌唱。天地有如此静穆，我不能大笑而且歌唱。天地即不如此静穆，我或者也将不能。

这大笑与歌唱者，会喜欢丝绸吗？

不会吗？我愿意相信他是会喜欢的。他的故土出青瓷，亦出丝绸，出秋瑾与蔡元培，亦出祥林嫂与阿桂，恰是水与火的两极，沉默与开口，充实与空虚，于此之间，孕化出了一个大先生，授权他

"在明与暗，生与死，过去与未来之际，献于友与仇，人与兽，爱者与不爱者之前作证"。

他生于深秋。真是好，除了深秋，我无从想象他会是生于任何一个季节。

——适逢他140周年诞辰，我们隆重集会，看罢青瓷，看罢丝绸，抚今追昔，纪念他。

2021年10月24日

辛丑年九月十九

香都东岸

故乡一二

温亚军

一

对于绍兴，我是熟悉又陌生的。说熟悉，是因为少年时代就从鲁迅先生的作品《故乡》中认识了这个江南水乡，尤其是遍布在河流之上，那由远及近，吱吱呀呀的桨橹声中，在氤氲而厚重的水雾中袅袅而出的乌篷船，水墨画般印在了脑海里。这让先生的"故乡"绍兴不仅仅是他的故乡，更成为我们这些人共同的故乡——精神故乡。但事实是我对绍兴确实也是陌生的，它在我的人生旅程中是个空白，我的想象也仅仅止步于摇曳的乌篷船。

绍兴青山绿水，到处是潮湿的河汉，这是我对江南地带固有的印象。唯有河流上慢慢摇晃的乌篷船才独属于绍兴，或者独属于鲁迅先生笔下的绍兴。毕竟先生生活过的绍兴已经远了，淡进了岁月的薄雾之中，而他文字里的绍兴却坚韧有力地铺展在我们面前，从未远去。当然，除了绍兴，我们更熟悉的还有一些人物的形象，多少年过去，依然真实而生动，即使不再翻阅那些文字，那些灵动的人物仍会在不经意的某个瞬间跃然而出。"紫色的圆脸，头戴一顶小毡帽，颈上套一个明晃晃银项圈"的少年闰土，一直陪伴着我们成长。只是，三十年后，生活把一个天真稚气、活泼机敏的少年摧残成一个生养着六个孩子的中年老农，"他身材增加了一倍；先前的紫色的圆脸，已经变作灰黄，而且加上了很深的皱纹；眼睛也像他父亲一样，周围肿得通红……他头上是一顶破毡帽，身上只披着一件极薄的棉衣，浑身瑟缩着；手里提一个纸包和一支长烟管……"先生看到这时候的闰土，生涩寡言，而就是唤了他一声"老爷"，先生更觉着别扭，他大概是想象不到三十年的时光会将一个人雕刻得面目全非。但当年的我却是能接受的，几年的时光能让我们熟悉的人变得陌生，何况三十年。而我们身边更多的是长大后的闰土，习以为常，不觉得有什么不妥。我难以接受的，一直是那个长得像圆规似的杨二嫂，"前天伊在灰堆里，掏出十多个碗碟来，议论之后，便定说是闰土埋着的，他可以在运灰的时候，一齐搬回家里去……"凭什么认定那十几个碗碟便是闰土所为？先生也不弄清楚谁是谁非，似乎默认了："老屋离我愈远了，故乡的山水也都渐渐远离了我，我却并不感到怎样的留恋……使我非常气闷……又使我非常的悲哀。"看来先生心里的悲，不仅仅是故乡的物是人非吧。

我曾为闰土愤愤不平。后来，随着年龄的增长，经历了不少世事，见到不少中年"闰土"，内心发生了不小的变化，再读《故乡》，看到结尾，忽生感叹，觉得当年自己为闰土叫屈，不过是少年心境，不谙人事罢了。反而觉着先生对世事、人心的洞察更值得敬佩。时间本就是无情之物，改变世间万事已是轻而易举，又何况一个风雨飘摇的时代，动荡的年月，又怎能星是那颗星，月是那个月，人还是那个人呢？不是先生不给闰土清白的机会，是那个年代不想给，是那个仓促的时代给不了。再说了，清白如何，不清白又如何？当埋头眼前的蝇营狗苟成为生活的全部，谁还在意乱世之中的清白？这正是鲁迅先生的高明之处，借用闰土这样一个与世无争的普通人物，揭示那个时代的普遍困境。

从鲁迅故居出来，去著名的"三味书屋"，必经一条狭窄的河道，河上挤满了乌篷船，艄公们正在卖力地招揽岸上的游客。这已经不是鲁迅先生文字中吱呀摇曳的乌篷船了，那一帧淡淡的水墨同样适合铭记。在石桥上驻足拍照时，我看到桥下泊着一艘破旧的乌篷船，戴着黑毡帽的年老艄公坐在船头正用自带的午餐，他根本不受周围嘈杂环境的影响，一饭一菜很简单，他吃得却很专注。闰土！这个念头迅速在我脑海里一闪，只是他没有闰土的局促、麻木，而是平静、淡然，淡出了周围的喧嚣，似乎，他只是这尘世悄

207

立一旁的观望者，随它怎么去热闹。却不知他已成了我眼中的一帧水墨。即使他应该是老年的闰土，却带着中年的闰土没有的从容、安宁。

如果这个世界上真有闰土这个人，今年也该一百岁了。

二

嵊州是越剧的诞生地。

越剧最初是从曲艺"落地唱书"发展而成。清咸丰十一年，由嵊县西乡马塘村农民金其柄所创，距今已有160年历史，当时的艺人多为半农半艺的男性农民，故称男班，也叫小歌班，他们集中较知名的演员编演新剧目，如《梁山伯与祝英台》《碧玉簪》《孟丽君》等，这些剧目适应了"五四运动"后争取女权和男女平等思潮的兴起，逐渐发展成一大剧种，且女班发展也很迅速。1917年5月13日，小歌班初进上海，在十六铺"新化园"演出，因艺术粗糙简陋，观众寥寥无几。后来在学习绍兴大班和京剧的表演技巧后，艺术有所提高，1919年小歌班始在上海立足，从此开创了一番新天地。

嵊州素有"东南山水越为最，越地风光剡领先"的美誉。有幸目睹嵊州胜景的同时，又能见证仰慕已久的越剧发源地，难免有些激动。只是，午后在另外一个地方耽误了些时辰，赶到越剧小镇剧院时，好戏已经开场，悄悄溜入后排，只欣赏到《梁山伯与祝英台》的尾部，有些遗憾。

越剧长于抒情，以唱为主，声音优美动听，表演真切动人，唯美典雅，极具江南灵秀之气。越剧的唱腔以婉约轻灵为主，服饰婉丽秀气。而且，嵊州的戏台上多为女串生角，眉眼秀丽的女子，将小生演得风流俊朗，且活泼调皮，台上刚演过梁山伯的那个女演员，进去换了套戏装，又饰演了一个败家子毛大，"他"拈花惹草，专打姑娘媳妇的主意，女演员诙谐幽默，只简单的几句唱词，竟将毛大的浪荡、无赖演绎得入木三分，博得大家掌声不断。

我等北方人虽听不懂越剧的唱词，却喜欢那种曲调，咿咿呀呀，温婉抒情，让人心不由为之一动。我对戏剧并不懂多少，年少时囿于生活之艰，哪里有条件有心情去静下来听曲呢，直至过了而立之年，才忽在某一刻对高亢的故乡秦腔产生了些许兴趣。秦腔是吼出来的，那种吼在我看来就是声嘶力竭，简直是拿命来唱。如今再换一种场景听越剧，如轻风微拂，心生柔情，欢喜与悲伤，如细雨般慢慢浸淫。一曲终了，却发现这轻盈婉转的曲调也如秦腔，是可以搏命的。忽然想起鲁迅先生小说《社戏》中的情节，或许，我们也该像先生少年时那样，不只为看戏，更多还是要感受戏曲带来的那种氛围，比如，戏后偷人家豆子的欢乐情趣。当年我在课本上读到戏后吃豆子这段时，心情很是愉悦，因为少年时代所处的那个环境，饥饿是一种常态，所以当时的我更关注能吃饱肚子的豆子，而不是台子上的戏曲。可当饥饿再不能在生活中占一席之地时，我也回不了头重新去寻找那些乐趣，只能用一种更为平和的心态来体会越剧，体会《社戏》，近距离感受百年的鲁迅先生。诚如钱理群所说："鲁迅写'看戏'，其'意'不在'戏'或'看戏'本身，而是通过'戏'这面镜子，来折射出自己内心世界（内在精神、情感、心理、性格）的某一侧面……在鲁迅的眼里，中国的戏院不过是中国社会的一个缩影；他对戏院的观察与感受实际上就是对中国社会与中国国民性的认识与发现，因此，由此而引起的忧愤，就是格外深广，心灵的震动，也就格外强烈。"

从鲁迅先生的许多作品中，看到先生对故乡深深的眷恋之情，同时也能感受到先生对故乡民间艺术的钟爱。能在先生的家乡欣赏到《梁山伯与祝英台》《王昭君》这些名剧片段，可能不是演绎最好的，却真真切切，别有一番韵味，似先生文中说的那样："——也不再看到那夜似的好戏了。"

高远的与世俗的

石一枫

对我而言，绍兴长期以来是个有着高远气息的地方。原因也很简单，鲁迅先生的故乡。现代中国的读书人，最尊崇的莫过于鲁迅，那么鲁迅的故乡也难免在文化意义上被神话。记得有一年去杭州，在西湖上坐船，划船的大哥问，你们哪里人？我们说北京的。大哥不遑多让地说，我绍兴的，那里出鲁迅。

因为那里出鲁迅，所以船上讲的段子似乎都是深刻的段子。

而等后来去了绍兴，才认出了绍兴的另一面。原来绍兴像浙江的很多地方一样，都是方便、雅致而舒适的，在生活的许多层面有着北方人望尘莫及的讲究。其实本该如此，想来也该如此，只不过有了鲁迅，所以在我们眼里被遮蔽了世俗的一面。我们谈到的绍兴往往是鲁迅作品里的绍兴，是研究资料里的绍兴，而非现实中人间烟火的绍兴。这其中有着落差，实则来源于外人的一厢情愿。咸亨

213

酒店虽然也用孔乙己、用《故乡》作为招牌，但吃的还是精致鲜嫩的浙江菜。茴香豆的"茴"虽然有四种写法，但好吃不好吃，仍然在于是否煮得色香味俱全。鲁迅故居虽然到处都是鲁迅的塑像和语录，但也已经变成了旅游小镇，和游人一起溜溜达达，基本还是休闲的心态。绍兴同样有着种种与鲁迅无关，在后来的世俗生活里生长出来的特征与符号。

一个高远的、存在于书本里的绍兴，与一个世俗的、充满人间烟火的绍兴，有时候你不知道哪个才是真正的绍兴。或者说，我们穿梭于两个绍兴之间，有时在抽象的绍兴，有时在具象的绍兴。而具象的绍兴变成抽象的绍兴，当然有来自鲁迅那巨大的象征意义。那么我们也会想，鲁迅所看到的鲁镇、绍兴乃至中国，究竟是抽象的还是具象的呢？想必还是后者。那句被反复引用的"无穷的远方，无数的人，都与我有关"，有关的想必都是活生生的。鲁迅的文字相比于浩如烟海的其他文字，像铁一样沉重而锋利，但那份沉重与锋利，当然还是来自对原生的现实的分辨与剖析。相对于来自绍兴的鲁迅，我们在看待鲁迅的绍兴时，恰恰有可能失去了鲁迅的眼力——能做到切实而非臆想，客观而非魅惑，这在今天更是一件不容易做到的事情。

而从这个意义上来说，鲁迅的绍兴或属于无数普通人的绍兴，不仅仅滋养着我们，并且提醒了我们。走在今天的绍兴，看清今天的中国乃至世界，从令人眼花、意气用事的概念和观点之中脱身而出，得出真挚而深邃的感受，这也是我们纪念鲁迅的最好方式。

入云深处已沾衣

邓一光

秋分时节，逢着鲁迅先生诞辰140周年纪念日，《小说选刊》邀约"鲁奖"作家去先生故乡绍兴采风。此次绍兴之行，认识了一位在我看来十分了不起的人物，准确说，不是认识，是偶然了解到，从绍兴回来以后，总会想起他。

他叫陈春澜。我称他为澜翁吧，这样显得尊重。他是浙江上虞人，清道光十七年三月出生在横山脚下一个农民家庭，一家八九口，草屋三间，薄田数亩，靠一年种两季水稻和一茬油菜度日。他小时候在家拾粪放牛，十四岁跟着四叔到汉口汇丰钱庄端茶跑街当学徒，以经营货栈起家，五十岁成为金融实业界巨子，五十八岁时，因一子一女夭折，长子早逝，无心缠恋江湖，典尽钱庄，告老还乡。回乡后的他，二十余年为家乡架桥铺路、复筑曹娥江堤、兴建救济机构、赈济灾民，还在家乡创办了一家实业公司和一家农殖业银行，引导乡民兴农牧办实业，以至家乡父老将他的画像挂在当地镇海庵内，悬匾额"万家生佛"，说"厥功甚伟，远近德焉，爰丏其肖像于镇海庵，日夕祀之，是所馨香祈祝之诚，以示没齿不忘之意"。

晚年的澜翁，由于自己儿时因家境贫困，未曾有读书机会，于是大力资助当地教育，从家乡学堂、上虞县校、绍兴府校一路捐资到浙江教育会所。史料记载，凡涉教育，澜翁捐则脱手万金，义无旋踵，只浙江教育会所一笔，即与当时北洋政府总统黎元洪所捐数目相同。

清光绪三十四年，澜翁出资五万银，在家乡横山建成春晖初小学堂，宣统二年升办高小，教员按章程选用秀才和贡生，或聘请新式教育培养的师范生和留洋师范生。光绪年间，朝廷定下民间捐资办学数额巨大者皇上钦奖政策，春晖学堂开学后，澜翁在给上虞知县叶大琛的备案函中详细阐述了办学缘由、规划设想、建造经过和学校规模，明确表示不愿接受任何奖励，"职余年无几，为地方培养人才，亦国民应尽义务，不敢仰邀奖叙"。

皇上的钦奖婉拒了，学还照样往下办。八十二岁那年，澜翁捐资十五万元在白马湖畔筹建春晖中学，请时任浙江省教育会会长的教育家经亨颐做校长，经亨颐则请来自己在浙江第一师范当校长时的朋友夏丏尊共谋教学事宜，以后二人陆续请来朱少卿、刘薰宇、丰子恺、赵恂如、戚怡轩、章锡琛、冯克书、赵友三、伍焕文、刘叔琴、章育文、徐浩、赵益谦、匡互生、朱自清、倪文宙、陶载良、朱光潜、周为群、杨贤江、吴梦非等教员，又筹办了白马湖讲习会，多方邀请各界名士贤达来学校演讲，浙中及国内蔡元培、杨同江、沈泽民、白眉初、黎锦晖、黎维岳、陈望道、赵蔼吴、舒新城、郭任远、高型若、黄炎培、俞平伯、吴稚辉等皆来春晖中学做过演讲。

这是一份星光熠熠的执教者名单，短短两三年时间里，一所地处偏僻乡野的私立中学，竟然聚集起如此众多的名师硕彦，不能不说是奇迹，也难怪春晖中学能办成国内第一所教职员工聘用开"无门之门"、浙内第一所开女禁招女生、校内提倡学生自己选择指导者的中等学校。

春晖中学的办学理念是教唯以爱，学习文化知识，更学习做人，校长经亨颐对学生们说："求学何为？学为人而已。"学校日后培养出五万多名学子，卓越者如经济学家陈振汉、翻译家黄源、教育家魏风江、地理学家谢觉民、中科院院士陈宜张、中科院院士景益鹏、中国工程院院士朱利中、电影导演谢晋等，当然是教有方法。后来做过新中国第一任新闻出版总署署长的出版家胡愈之曾受教于春晖教员薛朗轩，胡愈之后来回忆，薛朗轩的作文题目通常从科学的生活观察开题，想用八股滥调蒙混都无从开笔。

到绍兴第二天，活动主办方安排去春晖中学参观，我就是在这一次采风中知道澜翁的。

我们一行到白马湖畔的春晖中学时已日近黄昏，是湖上白鹭斜插，墟落野老暗行的时候。走进学校，但见校园里种植着高大的柏树和黄杨树，还有蓬勃的桂花树、枇杷树、蔷薇、剑麻和韭兰；建筑分新老两种，新校舍是二十世纪末到二十一世纪初盖的，如苏春楼、新仰山楼、新西雨楼、新望湖楼、新风荷院、新图书馆、逸夫楼、体育馆和运动场，老校舍还保留着，校舍大体按北欧建筑风格建造，坡顶拱廊，镂花扶栏，楼宇间有回廊连通，曲径回复，分教学楼、小学部、图书馆、行政事务楼、学生宿舍、礼堂、食堂、游泳池，各自取了雅趣横生的名字，如仰山楼、矩堂、博文馆、一字楼、曲院、思饥轩。

校史上介绍，教学楼取名仰山楼，是因为该楼状似"山"字，取名者为它找到《诗经·小雅·车辖》里的一句作为出处："高山仰止，景行行止。"行政事务楼取名一字楼，意味长远，只说校长的办公处便略知一二，一间二十平方米的房间，中间隔断，半作公务，半作寝室，远不如学生和老师的教学生活条件。图书馆命名博文馆好理解，悬挂的匾额上却是"白马湖图书馆"六字，据说是陈衡恪题写的。

陈衡恪是鲁迅的挚友，俩人少时在矿务铁路学堂同窗，陈衡恪是博物家，诗书画皆长，鲁迅收藏的现代国画家作品，数陈衡恪的作品最多。戊戌变法失败后，陈衡恪的祖父陈宝箴和父亲陈三立被革职，陈衡恪与二弟陈寅恪同赴日本留学，回国后在北京高等师范、北京女子高等师范、北大画法研究会、美术专科任过教。陈衡恪与齐白石也有知遇之恩，齐白石初到北京，以卖画刻印为生，因画风与时风冲撞，生意寂寥。陈衡恪偶然见到齐白石的画印，拊掌一唱三叹，找去齐白石寄宿处与他净言侃侃，齐白石称"君无我不进，我无君则退"，衰年变法创红花墨叶法，与陈衡恪的影响有直接关系。春晖中学落成那年，陈衡恪应邀赴日本参加中日绘画联展，专门带去齐白石的画，使齐白石在日本一举成名。

参观完校舍，天色已见晚，众人步出林木疏掩的学校北门，过一座底溪潺潺的小石桥，去不远处的象山脚下参观当年教员们的旧居。

先看"夏先生"夏丏尊的故居。夏丏尊年轻时与鲁迅往来密切，他是亚米契斯《爱的教育》中文首译本的译者，春晖中学教学生活中的啼血杜鹃，以爱与真诚著称。他曾借《爱的教育》精神对学生们恳切地说："我们要互相亲爱，请你们把我当作你们的义父吧。"他也是春晖中学教职员工的灵魂人物，学校里的教职员工多数是经他邀约，冲着他的面子来春晖执教的。朱自清日后留文，称"夏先生约集了一班气味相投的老师"。

夏丏尊后来虽离开了春晖中学，但早期是把白马湖作为自己最终归宿的，一到春晖中学就张罗着要造一间草屋度余生。他的故居取名"平屋"，是他自己设计的，数株古樟下，一扇小门楼，

221

四间粉墙青瓦平房，花格衬里的玻璃门，尽见雅素之风。夏丏尊解释说："高山不如平地大，平的东西，都有大的含义。或者可以径说平的就是大的。人生不单因了少数的英雄圣贤而表现，实因了茸茸平凡的民众而表现的。"虽那么说，夏丏尊好客如命，又讲究生活，院子里种满花草，家里挂着名人字画，摆放着年代古瓷，夫人又极擅烹饪，"平屋"也就成了教员们的俱乐部，大家教务之余，总爱聚在"平屋"里喝老酒、谈文艺，夜稠尽性方归。

与"平屋"一墙之隔是朱自清的旧居，三间不大的房间，朱自清一家六口生活了三年，《荷塘月色》中的闰月，朱自清的第四个孩子朱闰生，就是入住白马湖后第二年出生的。朱自清在春晖中学教国文，他的课深受学生欢喜，学生们的作文也写得好，师生们朗诵点评作文，常常引起一片笑声。俞平伯与朱自清是北大挚友，两人曾同游秦淮河，写下同题散文《桨声灯影里的秦淮河》，传为文坛佳话。俞平伯当年接朱自清的信，冒着连日大雨来白马湖看望朱自清，朱自清和俞平伯乘坐同一趟火车返回白马湖，却不在车站等俞平伯，径直回校，任俞平伯自雇滑竿找到学校，于风雨大作中在自己的书桌上写下演讲稿，于风雨大作中在春晖中学礼堂为全校师生演讲《诗的方便》，也是一段佳话。

与平房毗邻，紫黯色石阶尽头，一圈竹篱野藤之间，坐落着一排日式风格的平房，那是被称作"小杨柳屋"的教员住宅。小杨柳屋的建筑样式基本采用了夏先生平屋的样式，推开乌漆木门，走进小杨柳屋，门与山墙之间一块不大的玄关，玄关后分出几个单元，房间的面积不大，只是正屋窗外，有一片小小天井，任教员们种植各自喜欢的花草。有趣的是，小杨柳屋的白墙青瓦间，生长着的一些探头探脑的蔷薇属落叶灌木，它们不是种植的，由着四季枯荣，自生自灭，饶见生命的蓬勃与自由。

丰子恺是夏丏尊在浙江一师任教时的嫡传弟子，春晖中学首批应聘教员，小杨柳屋建成后，他带着妻子徐力民、女儿阿宝，和教史地、公民和日文的刘叔琴等人搬进来，成为小杨柳屋的第一批居民。丰子恺身兼图画、英语和音乐教学数职，春晖校歌是他谱的曲，他也是在春晖执教时，从为校刊画插图和题花，开始了绘画创作。他的《人散后，一钩新月天如水》，就是在小杨柳屋中画就。朱自清看了喜欢，讨要去，发表在他和俞平伯合办的《我们的七月》上，成为丰子恺第一幅公开发表的绘画作品。《文学周报》主编郑振铎看见后，通过朱自清向丰子恺约稿，发表时命名为漫画，丰子恺由此成为"中国现代漫画鼻祖"。

朱光潜来得较晚，在春晖中学教英文，也搬进了小杨柳屋。他后来回忆，说自己无形中受朱自清和夏丏尊的影响，走上写作之路，处女作《无言之美》是在夏丏尊和朱自清的鼓励下，在小杨柳屋里写成的。

平屋和小杨柳屋西面的象山山坡上，有一座晚晴山房，是剃发后的李叔同的禅舍，据说不是原址，原址于抗战时期坍塌，二十世纪九十年代再建。李叔同与春晖中学诸位皆有情谊，许多是志趣相投者。比如为春晖图书馆题匾的陈衡恪，两人年轻时相识于日本，一见如故，日后结为莫逆，李叔同为陈衡恪作过小传，陈衡恪也为李叔同刻印数方。1918年秋天，李叔同在杭州皈依佛门前，把一些民间工艺藏品赠给陈衡恪作纪念，日后陈衡恪把它们画成条幅，挂于室内，以示不忘之志。

夏丏尊与李叔同在浙江一师共执七年，两人情同手足，终日唱和。日后李叔同出家为僧，在自诉里称受过夏丏尊的影响，夏丏尊也认为是自己的撺掇，二人同游寺庙时，自己大声对心心念念的李叔同说："要真想出家，就干脆剃度得了，干净利落。"日后他为此话深感歉疚。1927年，杭州定慧寺"灭佛驱僧"事件后，夏丏尊与经亨颐、刘质平、丰子恺、周承德、穆藕初、朱酥典等李叔同的挚友和有缘人商量，发起募集资金，为弘一法师在白马湖畔盖了三间护法禅舍。禅舍的设计者是经亨颐，山房名"晚晴"二字，是弘一法师借用李商隐的诗词题的。未曾知，多年后法师的圆寂之室，也叫"晚晴"。

弘一法师多次在晚晴禅舍小住，其间完成了《印造经像之功德》的撰著、《弥陀经》的刻石和《四分律》的整理。严禄标先生编著的《春晖的历程》中记录了一段佳话，1929年10月22日是弘一法师五十岁生日，经亨颐一大早就约了法师的老友夏丏尊、法师的学生刘质平和李鸿梁为法师祝寿。经亨颐特地准备了一袭海青送给法师，请他换下身上缀满补丁的百衲衣。法师说："我的这件衣服是出家后的第一件，已有十年光景了，上面的补丁一共224个，都是我自己补上去的。今天承经施主美意，赐我新装，不胜感激。我的这件百衲衣也的确该退役了，现在就想回赠给经施主，不知施主意下如何？"

天色已暗到不用灯烛看不见路，不便大刺刺上山去惊扰禅舍，一行人决定就此止步。自然，象山林深处经亨颐先生的别墅长松山房和何香凝夫人的别墅双清楼，亦就不去了。

于夜色中远远望去，一条蜿蜒的小路沿山坡攀去，消失在一片紫黛色的植物中。陪同的春晖中学老师说，那是一个古树群，香樟、女贞和苦槠皆有数百年。晚晴山房半掩在古树林间，石砌地基有四五米高，粉墙黛瓦，朱红檐口，一扇小小的乌漆门，只容得一人出入。

归途中暗想，法师的禅舍里，应该听得见灯花鸣蜇，闻得着宵寒药气的吧。

离开白马湖有些日子了，有件事情我不断想起，大概日后也不会忘记。澜翁捐建春晖小学和春晖中学，一次次主动增加建校款资，日后学校不但收男女学生，还办了农人夜校，让白天做完农活的农民，夜里在明亮的电灯下学习，使能够听见学校钟声的地方，没有一个不识字的人。春晖中学1922年落成，澜翁1920年去世，他没有看到落成后的春晖中学高斋开卷，圣师共执的盛景。而且，他本人捐资盖了电灯通明的洋房学舍，却没有给自己盖过洋房，归乡后，不过是在三间平屋的老宅基上，盖了一栋二层楼房，家里也没有使用过电灯。

澜翁去世一年后，蔡元培先生受邀到春晖中学考察，主动提出去澜翁祭祀之所的春社看看。他在春社里大声朗诵"春社缘起"，为春社题写了匾额，然后沿着一条煤屑路步行至春晖中学，为全校学生做了《羡慕春晖的学生》演讲。以下是蔡先生在演讲中的一段话，我读过几遍，抄录在此：

> 我们人类，在生物中，无角无爪，很是柔弱，而能发达生存者，全在彼此互助。只顾一人，是断不能生存的。自己要人家帮助，同时也须帮助人家。譬如有能做工的，就应去帮助人家做工；有能医病的，就应去帮助人家医病。这样大家彼此互助，世界上的事情才弄得好。春澜先生出了这许多钱来办这个学校，于他自己是丝毫没有利益的，虽用了春晖二字做校名，他老先生死了，还自己晓得什么。他的出钱办学，无非要为帮助我们求学，他这样帮助了我们，我们将怎样地学他帮助别人呢？

2021 年 11 月 5 日

绍兴，一粒时间的种子

胡学文

1

绍兴，不仅仅是一个地名，还是弥散着远古气息的磁石，它的身体覆盖着长长短短的诗行，叠加着深深浅浅的脚印；它是希望，也能唤起忧伤；它是虚幻而模糊的记忆，也是真实而清晰的想象。

在师范就读的某年寒假，我从黄盖淖镇下了大巴车，沿着乡间坑坑洼洼的土路，穿过枝条光秃的林带，在彻骨的寒风中走了十余里后，眼前豁然开阔。然而我并没有见到故乡的喜悦，也可以说回乡的喜悦一扫而空。林带尽头地势较高，或许是这个原因，灰黄的天空下，那些挤在一起的土坯房越发显得矮旧。风没那么坚硬，枯草仍瑟缩发抖，偶有乌鸦飞过，丢落几声凄鸣。我突然就想起鲁迅先生和他的小说。先生的故乡写于1921年1月，时不同，景亦非，我没有理由让一个《故乡》与另一个故乡重合，可它们就是、至少在某一瞬间融在一起。

它是一个人的故土，也是许许多多人的归乡。我梦想着某一天到绍兴，这一日终于来临。

此刻，我就站在百草园，披挂着九月的阳光。菜畦仍是碧绿的，又有着成熟的丰腴，青菜白菜还有冬瓜。鸣蝉仍在树梢吟唱，短促了些，只是看不见肥胖的黄蜂，也不见蹿向云霄的叫天子，但我分明又听到什么声音，来自园内，来自墙角。这是一个普通的园子，没有什么传奇发生，但确实是乐园，也是奇园，自植入脑海，就再没有离开。

我仍然站在园子里，目光搜搜拣拣。我想象着冬日到来，雪花飘落的景象，想象着曾经的捕鸟场面，被短棒支起的竹筛应该在园子最中心，可也许就是我立足的地方。冬去春来，园子里又是另一派景象，也许种的是豆角，也许种的是丝瓜。种什么并不重要，重要的是它们长在这个园子里，滋养它们的不仅仅是泥土、雨水和阳光，它们注定要被朝圣者注视，还会有更多的人像我一样站在这里，久久不愿离去。

我终还是离开了，园子外有更大的世界，我想看看穿长袍站着喝酒的孔乙己，如圆规般细脚伶仃的杨二嫂，以及戴着银项圈的闰土生活的世界。园子外有更多的声音更杂的色彩更浓的味道，园子外都是故乡。

2

曾构思过一篇小说，题目都起好了，叫"白马寺"。写作的念头很奇怪，有时突然飞起，有着中了奖般的惊喜和不安，可并不是被击中就能一气呵成，半途而废也有。那篇小说写到三分之一气息便消失了，文思枯竭，如干涸的河床，唯有裸露的沙粒、石头和鱼虾的尸体。

想起夭折的小说，是因为我站在白马湖边，被水的湿气包裹，思维又如溪流奔涌了。我没有再续写的念头，奔涌或许就是因为望着一面不知该如何形容的大湖，有了模糊却不知方向的冲动。也或许是因为坐落在白马湖畔的春晖，因为湖边的那些名人故居，他们曾在春晖任教。初听是有些吃惊的，不敢相信，但又不能不信。足痕在那里，抹不掉的，白马湖是见证者。

风从白马湖上拂过，风亦是见证。白马湖所在的上虞在时光的深处，遍布闪光的背影。

死亡往往与屠刀利剑、与血腥恐惧联系在一起。竹林七贤之首嵇康的经历，诠释了什么是长歌当哭、什么是视死如归。嵇康因不容于当权者而获罪，行刑当日，三千名太学生集体请愿，请朝廷赦免嵇康，并让嵇康来太学任教。落花有分量，请愿不如落花。赴刑前，嵇康从容弹抚《广陵散》，并感叹《广陵散》从此要失传了。那一年，嵇康四十岁。《广陵散》因嵇康而有了神奇的魅力。也有传说，《广陵散》并非嵇康所作，而是神灵所赐，这无疑给此曲添了更神秘的色彩。嵇康是文学家，也是音乐家，究竟是谁创作的《广陵散》也许难以考证，但嵇康会弹，是其赴死的绝唱，这是事实。老实讲，我记住嵇康，更多的是因为《广陵散》。嵇康受老庄影响，向往出世，曾在上虞长塘一带隐居。隐居时抚不抚《广陵散》呢？抚琴时谁有幸聆听呢？答案在风中。风知道。

我站在白马湖畔，风揉着我的面孔。

我看到了一幅漫画，画的左下角是野鸭觅鱼图，水面下两条小鱼自在地畅游，完全不知道自己即将成为猎物，另两条也许嗅到了危险，沉在水底。漫画右上角，在同一条绳子上吊了两只野鸭两条鱼，均已半干。鱼眼黯淡了，野鸭的红嘴巴再也发不出声音，可它们相似的显然挣扎过的姿势，似乎又在说着什么。这幅题为《现在和明朝》的漫画颇具哲学意味，是我喜欢的漫画家丰子恺为祝弘一法师五十寿诞所作。他共绘了五十幅护生画，此为其一。后在弘一法师逢十整寿时又续作第二集第三集……直至弘一法师百岁冥寿前完成第六集。

我相信缘分，人和人、人与物、花与草、鸟与树、云朵和西风，莫不如此。丰子恺与弘一法师的故事似乎更能说明——那更多应该是禅意。在皈依弘一法师后，丰子恺请弘一法师为自己的寓所取名。按法师要求，丰子恺在纸上写了他喜欢的许多文字，团成纸球，抓了两阄，纸团里的字都是：缘。寓所便取名缘缘堂，并请法师题字。丰子恺还给自己的散文集取名《缘缘堂随笔》。

缘分深玄，说得明白，又说不明白。在丰子恺的旧居小杨柳居参悟漫画，何尝不是缘呢？

白马湖还有朱自清、夏丏尊等人的旧居，他们都是春晖的珠玉。1908年，上虞陈氏一族的陈春澜捐资25万银圆，委托乡贤王佐、近代教育家经亨颐共同创办春晖中学。春晖的美誉与授业者的名望有着极大的关系。在夏丏尊、朱自清、丰子恺、朱光潜、匡互生之外，来此讲学的还有蔡元培、李叔同、黄炎培、胡愈之、何香凝、俞平伯、柳亚子、张闻天、黄宾虹、张大千、叶圣陶。山不在高，有仙则名。大师云集的春晖，高山仰止。

没有鸟鸣，不闻水响，傍晚的白马湖静静的。一塘深宽的水，也是一本厚重的书。

3

绍兴宾馆的水塘里泊着一只乌篷船，这是我第一次近距离见到乌篷船。周身乌黑，却油光闪亮，篾篷该是浸过油的，这样篾与篾就长在了一起，如同结实的肌肉，风雨再难以侵蚀。船身不长，船篷也有些矮，坐于其中不会多么舒服，可我还是向往。

如果乘乌篷船游走，我会追随古人身影，自绍兴钱塘江入古镜湖，沿浙东运河进入曹娥江，溯剡溪至石梁而登天台。在钱塘江上多泊一日，兴许能看见住在那里的精灵。没有乌篷船等着我，只能坐大巴。在嵊州，我看到了清碧的剡溪。

嵊州亦是古地，秦汉称剡，北宋始名嵊县，五代十国一度改名赡县，这其中的故事能装几箩筐，虽也勾人，但我更感兴趣的是，这里是越剧的发源地。剡溪边上建有越剧小镇，自然有剧院有演出。

晋剧、豫剧、越剧都是我喜欢的，这大概和少年的记忆有关。我的故乡靠近山西，县剧团唱的多是山西梆子，我还在剧团宿舍住过一夜，如果嗓子好，我没准会加入剧团。喜欢豫剧是缘于《花木兰》《朝阳沟》，喜欢越剧是电影《梁山伯与祝英台》。

那个下午，在越剧小镇剧院观赏的第一个剧目便是《梁山伯与祝英台》里的十八相送。祝英台的故里祝家庄就在绍兴，这曲爱情故事该是真的发生过。其实是否发生没那么重要，重要的是在戏曲里、在文学中，梁山伯与祝英台演绎了一段凄美而动人的爱情故事。仍记得儿时看电影，梁祝化蝶从坟墓飞出翩然翻舞，我大大地松了口气，在冬日夜晚回家的路上，脚步沉重而欢愉。每听越剧，不管是任何剧目，那一对蝴蝶都会在脑里回旋。靠在椅子上，听完梁祝的故事，如果整个下午就这么度过，那将是非常享受的。可惜只听了短短的十八相送。还有《红楼梦》《昭君出塞》，均是片段。另一个剧目第一次听，一个叫毛大的浪荡子吃喝嫖赌变成了穷光蛋，不见悔意，反有落魄的自在。与我习惯了的如水般缠绵的戏腔不同，毛大的唱腔是浮在水面上的，有着疾行的速度，初听略有些别扭，便若与他的故事联系起来，不由发出会心的笑。戏曲如船，不同的水面，不同的滋味和风景。

4

绍兴的水很宽，绍兴的土很厚，是故乡，亦是世界。

绍兴是文学的符号，既有水的柔软，又有剑的锋利；既有月的妩媚，又有日的光芒。

绍兴是一粒时间的种子，始终在生长。我看见我知道的只是窄窄一方，我未曾看见未能知道的还有很多。

图书在版编目（CIP）数据

文学的故乡："鲁奖"作家鲁迅故乡绍兴行 /《小说选刊》杂志社
主编 . -- 北京：作家出版社，2022.11
　　ISBN 978-7-5212-2033-9

Ⅰ . ①文… Ⅱ . ①小… Ⅲ . ①散文集 – 中国 –当代 Ⅳ . ①I267

中国版本图书馆CIP数据核字（2022）第180285号

文学的故乡："鲁奖"作家鲁迅故乡绍兴行

主　　编：《小说选刊》杂志社
责任编辑：兴　安
装帧设计：意匠文化·丁奔亮
出版发行：作家出版社有限公司
社　　址：北京农展馆南里10号　　邮　　编：100125
电话传真：86-10-65067186（发行中心及邮购部）
　　　　　86-10-65004079（总编室）
E-mail:zuojia@zuojia.net.cn
http://www.zuojiachubanshe.com
印　　刷：北京华联印刷有限公司
成品尺寸：170×230
字　　数：150千
印　　张：16.25
版　　次：2022年11月第1版
印　　次：2022年11月第1次印刷
ISBN　978-7-5212-2033-9
定　　价：99.00元